無職轉生

到了異世界就拿出真本事

⑦

理不尽な孫の手

Rifujin na Magonote

Kadokawa Fantastic Nove

蘇珊娜
魯迪烏斯
莎拉

帕特里斯
佐爾達特
密米爾
提摩西
人物介紹

「嗯～要選這個嗎？還是這個……該選哪個才好？
魯迪烏斯覺得哪邊比較好？」

無職轉生 ⑦

到了異世界就拿出真本事

理不尽な孫の手
Rifujin na Magonote

插畫：シロタカ

Kadokawa Fantastic Novels

無職轉生～到了異世界就拿出真本事～⑦

CONTENTS

第七章 青少年期 中堅冒險者篇

「要在女人面前耍猴戲是無所謂，但是要被當猴子耍可就完全免談。」

——Two dimensions are most as expected.

著：魯迪烏斯・格雷拉特

譯：金恩・RF・馬格特

第七章

青少年期　中堅冒險者篇

序章

一片廣闊的森林。

林間有一條沒有分歧的道路，三輛馬車正在這條路上移動。

此處是「龍鬚」。

位於阿斯拉王國北部國境與「赤龍上顎」這座山谷之間的森林。

而「赤龍上顎」則是與阿斯拉王國南部國境的「赤龍下顎」成對的山谷。

「赤龍下顎」直接面對國境，相較之下「赤龍上顎」這邊的國境卻和山谷隔著一片森林。

講到山谷和國境之間為何會有森林，是因為此處棲息著許多魔物。過去的阿斯拉王國築起城牆遮蓋住整個森林南部，將這片森林裡的魔物趕出國內，藉此大幅縮減了討伐魔物的必要支出。

在擁有如此背景的這片森林裡，橫行著凶暴的魔物與受到阿斯拉國內通緝的犯罪者。

因此，沒什麼人喜歡經由這片森林移動。然而少歸少，還是有往來阿斯拉王國與北方大地，經手買賣的人。

其中之一就是率領這三輛馬車的商人。

他是這一年內急速成長，才剛加入阿斯拉王國某商會的新銳商人，名字叫作布魯諾。

布魯諾從阿斯拉王國運往北方的商品共有兩輛馬車的分量。這些商品若出了什麼差錯，遭受的損失恐怕會逼得他必須上吊自殺吧。

所謂的差錯若要實際舉例，就是遭到魔物襲擊或是受到盜賊攻擊之類的事件。

在布魯諾尚未加入商會，還是個隨性行賈的時期，他是靠著發揮劍技來一個人四處經商。然而立場提昇後，風險和損失的金額都會增加。如此一來，只靠自己的本領不足以因應。

不過相對的，能使用的經費也大幅提昇，因此他僱用了護衛。

第三輛馬車上乘坐著負責護衛的冒險者和乘客。

護衛是之前在阿斯拉王國表現活躍的B級隊伍「Counter Arrow」的五名成員。

乘客則有三名。其中兩人是據說正在進行修練之旅的劍士，剩下一人是身穿深灰色長袍，看起來很陰鬱的少年魔術師。雖說他們並非護衛，然而一旦商隊陷入危險並殃及自身，想來這些人也會主動投入戰鬥吧。

那麼，關於這個陰鬱的少年魔術師……他的名字叫作魯迪烏斯．格雷拉特。

待在馬車深處的他一邊隨車晃動，同時以空虛的表情望向天空。

兩眼黯淡無光，嘴巴半開半閉，身體整個靠在椅背上顯得癱軟無力。

他的內心只有空虛。

無可置疑的空虛。

實在空虛。人為什麼要活著？難道說活著這種行為有什麼意義嗎？

我無法理解，我只知道自己正受到虛無感包圍。

ZERO……我是ZERO，原來宇宙之心是我啊。（註：出自動畫《新機動戰記鋼彈W》。）

他就是如此消沉，讓人彷彿可以聽到這樣的內心吶喊。

「…………唉。」

少年無精打采地嘆氣。

他一個人就造成整輛馬車都籠罩在鬱悶的氣氛中。

「我說你這人怎麼從先前開始就一直唉聲嘆氣，是出了什麼事？」

有個人對這樣的少年搭話。

對方是個擁有淺褐色皮膚，把雷鬼辮全紮在腦後的女性；也是B級隊伍「Counter Arrow」的成員之一。她身上穿著護胸和護手，儘管這些算是比較輕便的裝備，然而根據這些裝備對劍士似乎負擔頗重的情況來看，她的職業大概是戰士吧。

面對這樣的女性，少年緩緩抬起頭……擠出笑容。

看到他的笑容，女戰士愣了一下。

這是因為少年本人大概認為自己笑容可掬……不過他的表情卻讓人完全無法感受到人類應

有的溫暖，簡直像是一尊蠟像。

「我有嘆氣嗎？不要緊，什麼問題都沒。」

他的聲調高昂，聽起來很有精神。

眼神卻黯淡無光，臉上也殘留著陰影，流露出拒絕的意志。

「是嗎……你要去北方做什麼？」

不過女戰士並沒有放棄，因為她有預想到可能會被無視。

相比之下，光是有回應已經算是較好的結果。

「咦？去做什麼？這樣問是什麼意思？」

「你看起來像是個魔術師……但是還沒成年吧？若說是要冒險，才剛從魔術學校畢業就立刻前往北方大地是不是太早了點？」

表情空虛的少年顯得很年輕。

大概是十二三歲左右。這歲數不僅年輕，甚至說是年幼也不為過。

臉上還殘留著稚氣的少年聽到女性問東問西，再度露出只有拉起嘴角的扭曲笑容。

「那個，我有必要回答這問題嗎？」

他說出口的回應，是意圖強行中斷對話的發言。

少年大概不想和任何人交談吧。他只想保持頹喪情緒，等待馬車到達某處。

這種拒人於千里之外的說法，或許會讓某些人會感到不快。

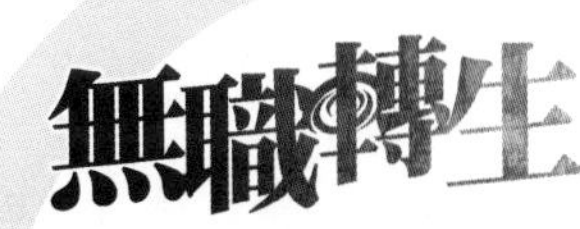

話雖如此，這只是旅人之間的對話。少年的回答儘管有點失禮，但旅人間也有種默契，就是不會無謂刺探他人的內情。所以要是碰上這麼明確的拒絕，一般人都會聳聳肩放棄。

實際上，雷鬼頭女戰士也打算那樣做。

「蘇珊娜是出於好心，你這態度算什麼啊！」

然而，坐在雷鬼頭女戰士旁邊的少女卻不一樣。

她情緒激動地瞪著魯迪烏斯。

這個少女有一頭金髮，臉上帶著有點強勢的表情。

裝備輕便，打扮類似劍士，不過腰間沒有佩劍，倒是揹著一把弓。

年齡大概是十五歲左右。儘管沒有少年那麼年幼，但也很年輕。恐怕對於所謂的默契還不是很了解。

少年把臉轉向突然大吼的少女，盯著她看了一會兒之後，才露出猛然回神的表情並轉開視線。

「莎拉，不可以這樣罵人。他也不是故意挑釁，只是措辭有點冷淡而已。」

「可是，蘇珊娜妳從昨天就開始擔心這傢伙吧？說他看起來垂頭喪氣，所以妳才特地主動搭話，他卻……」

看樣子雷鬼頭的女性叫蘇珊娜，少女則叫作莎拉。

少年雖然轉開視線，不過或許是感到在意吧，依然偷瞄著兩人。收起笑容後，他的表情一片陰鬱，不知道在想些什麼。

過了幾秒，少年開口說話。依然用那種高昂且帶有活力，但卻會讓人感到不安的聲調。

「呃……我去北方的目的，是要去尋找被菲托亞領地轉移事件捲入而下落不明的母親。」

「啊……」

「菲托亞領地……」

聽到這答案，兩人露出似乎很過意不去的表情。

菲托亞領地的轉移事件。對於居住在阿斯拉王國的人們來說，那是衝擊性的事件。兩人雖然不是出身於菲托亞領地，但是得知菲托亞領地消滅的消息後，都以冒險者身分去幫忙重建，也多次目睹進出城鎮的難民。

聽少年這麼一說，他的表情確實和難民們相同。是那種失去重要親友與和故鄉的表情。

自己提了不該問的問題。

即使沒有說出口，蘇珊娜的臉上還是明顯表現出這種心情。

「就算是這樣……那種口氣未免也……」

至於莎拉，似乎還是很不滿。然而少年並不在意，只是轉開臉孔，一副這下總算可以再安靜下來的態度。比先前更沉重的鬱悶氣氛在馬車中擴散，身為乘客的兩名劍士也似乎很尷尬地動了動身子。

「不過，你打算怎麼找？就算說是北方大地，範圍仍舊相當大喔。」

然而，蘇珊娜卻更進一步追問。

她很清楚少年覺得自己糾纏不清。即使如此，蘇珊娜還是無法容忍在這種沉悶氣氛下繼續旅程。

少年先露出一臉覺得「還要再講啊」的表情，才又擺出笑容，轉頭面向蘇珊娜。

「……這個嘛……嗯，總之就盡量……」

「你有什麼可憑藉的嗎？例如認識的人，或是關於家人的情報等等……一個人旅行很辛苦吧？」

「……」

這時，少年腦裡閃過的想法到底是什麼呢？

她打算一直來搭話嗎？老實說，自己連現在的對話也不想繼續下去。話雖如此，要是像先前那樣拒絕，對方那邊的人大概又會來找碴吧。

是不是類似這樣的念頭？

「不然這樣，要不要我在路上告訴你一些關於北方大地的情報？比起什麼都不懂，多少知道一些事情應該比較好吧？」

「……呃……嗯，那麻煩了。」

一段沉默之後，少年如此回答。

但是，他臉上絕不是有心求知的表情。

而是可以明顯看出少年的想法只是認為繼續問答很麻煩，所以乾脆讓女戰士隨便想講什麼就講。

「好。那你可要把耳朵挖乾淨，仔細聽清楚了。」

覺得就算是那樣也無所謂的蘇珊娜回應少年的發言。

北方大地。

人們如此稱呼中央大陸的北部。

那裡是一整片的荒涼土地。

儘管沒有魔大陸那麼誇張，但是在一年內有三分之一的時間會被冰雪覆蓋的北方大地上，農作物難以收成，因此缺乏食糧。

此處的國家大部分極為貧困，人們互相爭奪稀少的資源，勉強度日。

魔物的數量也很多，還有阿斯拉王國根本無法與之相較的強大魔物在此出沒。

所以有許多前來這裡修練武藝的人和熟練的冒險者，然而他們並不會成為能讓諸國豐足的理由。

不過，即使是這樣的土地，也有國力還算興盛的國家。

那就是被稱為「魔法三大國」的三個國家。

擅長魔術教育的拉諾亞王國。

擅長製造魔道具的涅里斯公國。

擅長魔術相關研究的巴榭蘭特公國。

這三個國家組成同盟，合力發展魔術，在北方大地紮下根基。

蘇珊娜一行人在阿斯拉王國內升上B級，沒有委託可承接。

因此他們似乎想移動到上述國家之一，並以冒險者身分展開活動。

而魯迪烏斯・格雷拉特也是要前往那裡。

只不過他並沒有決定出明確的目的地。

第一話「失意的魔術師」

巴榭蘭特公國，第二都市羅森堡。

這個城鎮和阿斯拉王國國境相隔約兩個月路程的距離，可以說是北方大地的入口。

規模在巴榭蘭特公國內也是數一數二。

據說巴榭蘭特公國的營收有大半部分是靠這城鎮出口到阿斯拉王國的魔道具。

「……就是這裡嗎？」

走下馬車後，我環顧四周。
在覆蓋著白色雲層的天空下，冒險者和商人精力旺盛地活動著。
或許是因為我搭乘的馬車上裝載著許多貨物吧。
千里迢迢從阿斯拉王國進口至此的各式商品能賣得高價。
「……好冷。」
話雖如此，大概也因為氣溫有點低，許多人穿著厚重服裝。
聽說這一帶到了冬天會降下大雪，想來自己也必須趁早買好禦寒衣物才行。
要不要現在就去買呢……
不，在那之前應該要先找好住處。儘管行李並不多，但行動時從決定據點開始著手是身為冒險者的常識。
我抱著這種想法邁出腳步。
周圍的攤位很少，這是很罕見的情況。
馬車進城的位置是不是和冒險者常用的入口不同？不，快要傍晚了。說不定是因為這附近很冷，小販們會在日落前收攤。
我一邊推論一邊找到旅館街，確認門口標明的價位後，選了一家適合的旅社。
根據招牌，這裡是B級的旅社，名字叫作「圓盾亭」。唸起來實在拗口，再加上招牌也呈現圓盾形，感覺會被誤認成防具店。

原本就算是C級或D級也無所謂，然而根據蘇珊娜的情報，據說太便宜的旅社裡沒有暖氣設備所以有可能會凍死，要住的話至少也要選B級。

那個女戰士的說明我只是隨便聽聽，不過還是有提到一些先知道會比較好的事情。

情報果然很重要。

「嗯？」

進入旅社後，有個看起來像是老闆的男子正在獨自打掃。

他一看到我就板起臉，表情活像是看到了什麼厭惡的東西。

真是沒禮貌的傢伙。

「我要住房……期間是一個月左右。」

「……好，歡迎光臨。先在這裡簽名並蓋下拇指印，寫好以後去用三樓最裡面的房間。」

臉上雖然帶著否定表情，旅社老闆還是立刻準備了入住用紙和鑰匙。

我按照指示在用紙上簽名，拿出住宿費。這一帶可以使用阿斯拉王國的貨幣，雖說遲早必須去換錢，不過現在用這個應該也沒問題。況且根據那個女戰士所說，阿斯拉貨幣的信用度和價值似乎都比較高。

看到放在桌上的幾枚阿斯拉銀幣，老闆睜大雙眼。

即使是外表看不順眼的客人，只要能拿出錢，他還是會感到滿意吧。

之前從魔大陸到阿斯拉王國這段旅程中賺到的錢幾乎都沒動。原本這些錢應該由三個人平分，結果將近全額都放在我身上。另外還有一些是在菲托亞領地的難民營裡幫忙時，從阿爾馮斯那邊拿到的錢。

在旅社投宿一個月的金額並不低，不過目前手頭還算寬裕。只是如果不去賺錢，早晚還是會把錢花光吧。

我一邊盤算，一邊走上三樓進入房間。

「呼……」

房裡有床鋪、衣櫃、桌子和椅子各一。

講到特別之處，就是這種磚塊直接外露的牆壁在其他國家很少見，還有牆上設置著一個壁爐。

壁爐旁邊有柴薪和打火石，大概是要客人覺得冷的話就自己點火。

不知道壁爐該怎麼用……算了，晚點去問旅社老闆就能解決。

「唉……」

我嘆著氣把行李隨手一丟，然後躺到床上。

從窗口可見的天空呈現白色，我記得經常處於多雲狀態好像是雪國天空特有的景象？

在阿斯拉王國，天空是藍色的，萬里無雲的蔚藍晴空往外無限延伸。旅途中，我一直仰望這片藍天，藍色真的很美。但是和藍色正好相反的顏色卻從我身邊……

「……！」

停止吧。

還是別去回想關於顏色的事情。

比起那種事，不如來看看更低一點的地方。

這樣想的我撐起身子，望向窗外。

是綠色。或許是因為自己位於三樓這種比較高的位置，可以從這間旅社將整個城鎮盡收眼底。

巴樹蘭特公國裡有許多行道樹。據說是為了在發生不測事態時砍下來當作柴薪使用，不過大概是因為保持著固定間隔，看起來綠意盎然。

話說起來，離開阿斯拉王國境內時路過的那片森林……那裡是個好地方。

有成排的巨大樹木，樹上枝葉也很茂密，還隨風搖晃發出沙沙聲響。

森林很好，自然很棒。

大自然能讓人忘記世上所有煩惱。

光是在豐富綠意中移動，就感覺到心靈彷彿被逐漸洗淨。

「……艾莉絲。」

脫口而出的名字讓我的心情又墜入谷底。

無論清洗多少次，破碎的內心都無法恢復成潔淨又完美的狀態。

老實說，我受到很大的打擊。

原本以為和艾莉絲終於結合，兩人都互相喜歡對方。還認為今後自己要幫助失去雙親的艾莉絲，在阿斯拉王國生活下去。

我已經做好心理準備。

這樣講或許很現實，不過艾莉絲畢竟是自己的第一次，所以我已經下定決心，要負起責任愛她到最後一刻。雖說格雷拉特家是貴族，之後大概還有許多風風雨雨，不過我依然做好心理準備，想保護她到最後一刻。不管是要正面迎戰，還是要轉身逃離都是如此……

但是，其實並不一樣。

艾莉絲沒有這樣想。

對於艾莉絲來說，我不是特別的對象。

「嗚……」

我感到鼻子一酸。

不，還是算了吧。

艾莉絲離開後至今數月，自己到底要把這筆舊帳翻出來幾次才甘心？

她是一個人離開。

對於艾莉絲來說，我已經沒有用處。而且，我也有自己該做的事。

彼此已然分道揚鑣。

雙方都該定下目標，然後在各自的道路上前進。這樣不是很好嗎？

反正我只有這點價值，無法成為哪個人的特別。頂多只能感謝僅有一次的幸運就已經是極限了吧。

嗯，比起那些事，我應該把來到此地的理由作為優先事項。

自己是為了什麼才來到這裡？

當然是為了尋找母親塞妮絲·格雷拉特。

絕對不是為了撫平內心傷痛而踏上旅程，我說不是就不是。

也絕對不是因為待在阿斯拉王國會讓我想起某個女性所以日子難過之類的理由。

而是要尋找最後的親人，尋找一家中唯一還下落不明的塞妮絲，這也是和父親保羅之間的約定。

話雖如此，我手上並沒有計畫。

要怎麼做才能找到人？要怎麼做才算是有在找人？

「唉……」

嘴裡只會發出嘆息，腦中全是那天的回憶。那個幸福的夜晚到底是什麼呢……

「不對不對……」

我勉強把這些事情趕進腦海角落，開始思考。動用沒什麼在運作的腦袋思考。

好……首先來推論一下吧。

轉移事件至今已經過了相當長一段時間，我不認為塞妮絲待在哪個會被他人注意到的地方。

例如這個城鎮很大，給人一種想找的對象似乎就在這裡的感覺。然而要是我能找到，想必早就有哪個人找到她了。

儘管如此，要找塞妮絲必須待在人多的地方會比較好，這點肯定沒錯。畢竟她也沒有理由特地跑去沒有人的地方。

而且還有可能是發生搜索團沒有注意到的情況。就算是要尋找那樣的場所，也必須待在可能有人的地方進行調查。

簡而言之，要找出那種人很多，然後塞妮絲有可能會在，但是卻還沒有被搜索過的地點。

不過只有我一個人，感覺無論如何都會碰上無法徹底搜查的模式。

該怎麼辦呢……

「果然……讓對方來找我才是最好的辦法吧？」

躺在床上的我想到這個主意。

實際說出口後，聽起來是相當不錯的方案。

就是因為意圖在這個大到誇張的世界裡找出一個人，才會如此困難。

比如要從一萬個人裡面找出唯一的左撇子，會是一件漫長到讓人想昏倒的工作。

但是，如果讓這一萬人自己申報呢？

只要提問：「你們之中有人是左撇子嗎？有的話請舉手」，那個人是不是就會自己現身？

按照這種方式，一旦我變得有名，說不定塞妮絲會注意到我並主動出面。

既然這麼長一段時間都沒找到人，或許她也跟莉莉雅她們一樣，被捲入了什麼麻煩；不過若我能引人注目，塞妮絲那邊也很有可能會想出辦法與我聯絡。

嗯，沒錯，肯定是那樣。

要變得有名，讓塞妮絲能注意到我。就用這種計畫吧。

「不過該怎麼做才能出名……」

必須讓許多人知道我的名字才行。

可是……唔～有名嗎？

例如說，至今為止我都在推銷瑞傑路德與「Dead End」的名號。

用他的名字做好事，讓這名字被認為是個好人。

儘管不確定到底最後成效如何，但是估計在魔大陸上多少有一些效果。

只要採用類似的做法，我也以冒險者身分進行活動並宣傳自己的名聲，大概會自然而然地變有名吧。

自己和瑞傑路德不同，並沒有受到奇怪的詛咒拖累。

只要正常活動並推廣名聲，想來事實應該不會受到什麼扭曲，就能讓名號在世間傳播。

一個叫作魯迪烏斯的少年魔術師正在尋找被菲托亞領地轉移事件波及，名為塞妮絲的母親。

只要把這樣的人待在這附近的消息放出去，即使塞妮絲本人沒有辦法，說不定也會有認識她的人試圖跟我接觸。

雖說要是被人用假消息唬弄會造成困擾，不過就算對方是為了要錢也無所謂。

「實在……提不起勁啊……」

孤零零一個人在這片寒冷的天空下沽名釣譽。

再加上即使能出名，也無法保證會找到塞妮絲。

別說保證，甚至連找到人的可能性都很低。

因為菲托亞領地搜索團這種具備一定規模的組織已經動用過許多人手尋找，至今為止還是沒有結果。所以毫無疑問，找不到的機率比較高。

搜索團裡一定有比我聰明，而且也幹練細心的人。就是那種連收集或宣傳情報都很有一套的傢伙。

那樣的人抱著想找到塞妮絲的念頭，仔細建立作戰計畫並努力搜索，結果還是沒能成功。

既然這樣，就算我一個人努力，會有什麼意義嗎？

不管是情報的收集還是散布，我都不是特別高明。

所以我的行為是不是沒有意義？是不是根本不可能會被我找到？

自己想做的事情，會不會只是在白白浪費力氣和時間？

「……」

光是思考就讓人很想嘆氣。

然而，我並沒有想出其他更好的辦法。

也不能光是游手好閒。總而言之，現在大概只能把想到的辦法一件件實行下去。

說不定會在做什麼事情的過程中想出下一個方案，或是找到解決的門徑。

「…………今天就先睡吧。」

我讓思緒劃下句點，閉上眼睛。

還以為自己早已習慣旅行，然而長時間隨著馬車搖晃似乎讓身體累積了不少疲勞，很快就落入夢鄉。

★
★
★

隔天。

我前往冒險者公會。

不知為何，這個城市的冒險者公會位於遠離城鎮入口，也離旅館街有一段距離的地方。

是不是有什麼理由呢……不過其實怎樣都好。

「……嗚。」

推開雙開式的大門進入公會內部後，感覺有許多視線不客氣地集中到我身上。

我一直不喜歡別人的視線。原本以為在中央大陸旅行那時已經習慣，果然一個人還是不一樣嗎？當時不是我，而是瑞傑路德和艾莉……算了。

「看，是個小鬼。」

「菜鳥嗎……？」

「哼！只是來玩玩的吧。」

可以聽到遠處傳來對我的嘲笑。

雖然還算不上是噓聲，但也不是聽了會感到好過的東西。以前可以當作耳邊風，現在不知道為什麼會內心受創。

不過，十二三歲的少年一個人跑來公會，一般來說是很顯眼。忍耐吧。一旦出名，到時不管我願不願意，都會引起他人的注意。

好啦，在承接委託前，有件事得先處理。

我踩著沉重腳步走向櫃台。

櫃台的大姊姊並不是特別漂亮，卻穿著領口又低又寬的服裝。果然冒險者公會有安排波霸女性負責櫃台的規定吧。

我把冒險者卡片遞給對方。

「那個，可以麻煩妳……幫忙辦理解散隊伍的手續嗎？」

隊伍……我的冒險者卡片最下方還刻有「Dead End」這幾個字。

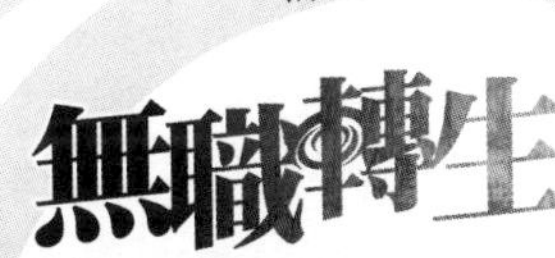

Dead End，這是瑞傑路德、艾莉絲和我一起組成的隊伍。

已經沒有人留下，成了一支名存實亡的隊伍……

必須解散才行。

因為已經不存在了。這樣的隊伍，已經不存在了……

「嗚……」

淚水湧上，我忍不住吸了吸鼻子。

原本不打算哭，但實在沒辦法。

瑞傑路德和艾莉絲都不在我身邊。被迫面對自己孤身一人的事實後，眼淚就是不受控制。

「……好的，您辛苦了。」

看到哭哭啼啼的我，櫃台的大姊姊以略帶同情的表情幫忙辦理手續。

「請收回卡片。」

這個人不但突然出現，還邊哭邊要求解散隊伍，想必讓她覺得很不舒服。

「……謝謝。」

我用長袍的袖子擦去淚水，接過卡片。

卡片上的「Dead End」已經消失。

當艾莉絲和瑞傑路德更新卡片時，也會發現隊伍已被解散吧。

到時，他們會怎麼想呢？

瑞傑路德是不是會感到惋惜呢？

不過，艾莉絲就……不，算了。已經無所謂了，一切都已過去。

「……」

回過身子之後，我發現公會裡所有人的視線都集中在自己身上。

哭泣的小孩有這麼稀奇嗎？明明是街角經常可以看到的光景啊。

「喂，那傢伙為什麼哭啊——」

「——大概是全滅了吧？」

「真可憐，只有他一個活下來嗎……」

我錯了，這是同情的視線。

看樣子這些人似乎是認為我以外的隊伍成員都在戰鬥中死光了，他們當然不可能猜到我是因為被女人甩了所以才哭。

……有夠沒出息。

老實說，因為隊伍全滅而哭還好一點。

不，我並不是希望瑞傑路德和艾莉絲都死掉……

「……」

我一聲不吭地走向貼有委託單的告示板。

告示板上貼著大量的委託單。

雖然數量比不上魔大陸，和阿斯拉王國卻是天差地別。這附近對冒險者的需求應該非常高吧。

委託的等級大部分是C和B嗎？

在阿斯拉王國，低等級的委託占大部分，難度層級越往上，委託數量就越少。

因此，自身層級提升到某一程度的冒險者會離開阿斯拉王國，前往南部的王龍王國或是北部的魔法三大國。

「……要選哪個呢？」

我現在是A級。

根據冒險者公會的規定，也可以承接往上與往下一級的委託。

因為看起來沒有S級，能承接的委託剩下A和B級。

A級和B級的委託都不少。在中央大陸，這是很罕見的狀況。這是否代表附近就是環境如此嚴苛的土地呢？

【A：討伐在庫庫魯湖附近築巢的拉斯塔熊族群。】

【B：護衛在哈朵拉森林進行的大規模砍伐計畫。】

【B：護衛將商品運送到涅里斯公國的商隊。】

…………唔。

……算了，其實哪個都行。

我隨手把最先注意到的A級委託單撕了下來。

討伐拉斯塔熊。從名字來判斷，似乎是熊類的魔物，但我不清楚詳情。不過無所謂，畢竟收集魔物情報也是件麻煩事。

我直接拿著委託單前往櫃台。

「不好意思，這個麻煩妳處理一下。」

我把委託單和冒險者卡片一起遞給櫃台大姊姊。

「咦？」

對方露出像是被嚇傻的表情。

「那個……你的隊伍呢？」

「啊……不，那個……沒有隊伍，我是要單打。」

「咦？」

櫃台大姊姊一副無法理解狀況的態度。

明明我剛剛才解散隊伍，為什麼她會覺得我是要以隊伍來承接委託呢？

「可是這委託一個人去做實在有點……因為這是A級，還是以組隊承接為前提的委託。」

「噢……」

「再怎麼說，要把這工作交給你恐怕……」

嗯，畢竟委託內容是要擊倒整群魔物嘛，正常來說是該組隊。

但是另一方面，我也覺得這種程度剛好。既然想變有名，想來有必要做出一些稍微亂來的行為。

雖然危險性是未知數……算了也沒差。

反正就算活著，也沒有什麼讓人開心的事情。

無論我多努力，到頭來手邊還是不會剩下任何東西。大家到最後都會離開，只有我一個人承受痛苦。

我想今後肯定也會一直那樣。

既然如此，既然都沒有好事，那死了也無所謂吧？

「嗚……！」

想到這裡，我感覺到胸口一陣痛楚。

不知不覺之間，自己已經把手放進口袋裡。

我握緊口袋裡的東西，狠狠咬緊牙關。雖然胸口發疼，但只要握住口袋裡的東西，不知為何內心就會感到平靜。

「怎麼啦？起了什麼爭執嗎？」

這時，後面突然傳來的聲音讓我總算回神。

「……不，並沒有發生什麼爭執。」

我邊說邊回頭，眼前出現認識的面孔。

一個淺褐色皮膚，雷鬼辮全紮在腦後的女戰士，也就是在路上一直找我搭話的傢伙。旁邊還可以看到嗆我的那個少女。

我記得女戰士叫作蘇珊娜，少女叫作莎拉。

更後方還站著應該是同隊伍成員的那群男性，我完全不記得他們叫啥名字。

B級冒險隊伍「Counter Arrow」一行。

「不，我已經聽說狀況了。你的隊伍全滅，想尋找下落不明的母親卻缺錢。所以才想承接這種亂來的委託吧？真是了不起。」

我根本沒說過那種事。

我沒說過隊伍全滅，也沒說過自己沒錢。

的確金錢方面並沒有充裕到可以拿來說嘴，但也不算是缺錢。

「不過少年，你的表情不太妙呢。並沒有洋溢著即使隊友全滅也要一個人奮鬥下去的氣概；而是隨便怎樣都好，就算死了也無所謂的表情。」

「……」

聽她這麼一說，我伸手摸了摸臉。

我想自己現在肯定表現出被人抓包的神色。

「所以啦，這樣如何呢？你要不要和我們一起承接那個委託？」

「一起承接？」

「對，我們也剛來到此地，人生地不熟。本來是可以只靠自己幾個闖蕩下去，不過……既然彼此都初來乍到還沒摸清楚狀況，要不要試著互相協力呢？」

「不，我打算單打闖出名號，尋找母親……」

「就算你單獨行動，也不可能獲得名聲吧，必須讓更多不同的人幫你宣傳才行。為了達成這個目標，你要和別人組成隊伍，活久一點然後好好努力。我說，大家也這樣認為吧？」

和女戰士同隊伍的男性們都點著頭像是在表示確實如此。

只有莎拉一個人嘟起嘴巴，似乎無法信服。

我能理解她的不滿。如果他們覺得人生地不熟，根本不該找我，而是該找個對這一帶的地理和魔物都很熟悉的老手才對。

而且，我在旅途中並沒有幫忙過以護衛身分工作的這些傢伙。

雖說看外表可以知道我是個魔術師，但是他們對於我的實力如何，像是擁有何種技能或擅長什麼魔術等都一無所知……就提出這種邀請。

所以簡而言之，是同情。

這些人只是基於同情才會找我合作。

「…………」

話雖這麼說，但女戰士的主張也有些道理。

無論我靠單打解決多少委託，要是到頭來只有不明確的消息被傳出去，也是當然的結果。

因為冒險者基本上對其他冒險者沒興趣，既然沒興趣，也沒什麼人會去收集這種對象的情報吧。

根據狀況，或許只能引起「有個少年魔術師單身活動」這種程度的傳言。如果我會無詠唱魔術、出身於菲托亞領地，還有正在尋找因為轉移事件而失蹤的母親等詳細情報沒有一併傳開，即使變得有名也沒有意義。

為了讓其他人幫忙宣傳，必須先讓他們更深入認識我。

而要讓其他人更深入認識我，還是找人組隊比較好吧。

而且要盡可能多跟一些隊伍合作。雖然有很多冒險者都把一個城鎮作為根據地，不過也有人和過去的我們相同，是為了賺取能到達目的地的費用才把冒險者當成職業。

讓那種人知道我這個人和我的目標，並幫忙把消息傳開。只要往這種方向進行……

「你看起來很年輕，不過既然是A級，應該有不錯的本領吧？你會什麼？」

「我……在之前的隊伍裡是擔任後衛，擅長使用支援前衛的魔術。」

「這樣剛好，我們的隊伍也正想再添一個後衛。」

這次就接受她的建議吧。

「那麼，請多指教。」

「就這樣定案了。我想……今天先用來準備，明天早上在北門集合，怎麼樣？關於我們隊伍的組成，也是到時候再邊移動邊詳細說明。」

「知道了。」

雖然有點隨波逐流的感覺，總之成了這種結果。

不過直到最後，那個叫莎拉的少女都滿臉不高興。

第二話「拉斯塔熊」

隔天，我按照約定前往北門。

儘管心裡沒什麼幹勁，不過一旦確定要做什麼，身體還是會行動。

趁著昨天，我已經調查好拉斯塔熊的資料和庫庫魯湖的位置等情報。

該說這也要歸功於以前養成的習慣嗎？

「……」

我在昏暗的天色中看向四周。

因為對方說早上在北門集合，所以我比較早到，但那些傢伙似乎還沒來。

沒有時鐘因此無法確定時間，不過現在大概是四點左右吧。或許是我來得太早。

正確說法是我昨晚沒有睡好。不知道是因為太冷，還是因為要和不太認識的傢伙們一起行動而忍不住警戒起來。

「……好慢啊。」

對方並沒有指定時間，然而冒險者要去遠征時，大清早集合是一種常識。而且，早到應該比遲到好。早一點到，總比因為遲到而被其他人丟下，結果一個人孤零零傻等一天的下場好一點吧。

實際上，看起來即將出發的其他隊伍也在北門附近聚集。

那邊和這邊不同，似乎是有一個人比較晚到……

「……嗚嗚……」

該不會所謂的常識只是我的誤解，實際上是要在中午左右才集合？

說不定他們為了在某時段左右到達目的地，有調整了出發的時間。

不，昨天我應該已經告知過自己的住宿處。

既然這樣，在他們決定出發時間時，應該可以來通知我一下。

「啊。」

思考到這邊，我突然在道路前方看到人影。

有幾名男女在晨霧中走了過來。

「哎呀，你來得真早。照昨天的感覺，我還以為你會遲到。」

「……只是因為我起得早了點。」

「哦？」

儘管蘇珊娜咧嘴笑得很賊，不過早到並不是因為我其實是傲嬌，也不是因為我覺得獨處很寂寞。

算了，否定也很麻煩。

「那麼……」

我從口袋裡抽出手，伸向站在最前面的蘇珊娜。

「既然今天要成為臨時隊友，請多指教。我叫作魯迪烏斯·格雷拉特，是魔術師。之前也有說過，我擅長支援。冒險者層級則是A級。」

蘇珊娜露出訝異的表情。

仔細想想，她在先前的旅途中主動來搭話時，我總是回以相當刻薄的態度。事到如今卻對應得如此友善，才會讓她感到驚訝吧。

並不是我有什麼企圖，只是覺得起碼先自我介紹一下也好。

「我叫蘇珊娜。是『Counter Arrow』的副隊長，職業是戰士，負責前衛。」

「副隊長？妳不是隊長嗎？」

「若說誰負責編制統合的話是我沒錯，不過隊長另有其人。」

蘇珊娜抬了抬下巴，於是一名男性走了出來。

是個看起來有點陰沉的傢伙。他也是魔術師吧，身上穿著紅褐色的長袍，手裡還拿著長長的權杖。

「你好。我叫提摩西。職業是魔術師，擅長在後衛使用攻擊魔術。基本上是這支隊伍的隊長……」

「你好。」

意思是實權掌握在蘇珊娜手中嗎？

算了，其實我也經常聽說與其讓隊長擁有實權，不如由二號人物掌握實權發號施令會比較好。

畢竟有種說法是無能的懶惰鬼最好當總指揮官嘛……至於這個人是否無能就先姑且不論。

而且，堅如磐石的團結萬一破裂就無法修復，如果他們的前提是遇上緊急狀態時蘇珊娜會聽從提摩西的判斷，那麼這種形式也是一種可行的選擇吧。或是只有粗略的行動方針會由提摩西決定，剩下都交給蘇珊娜處理……

負責實際行動的人，和負責旁觀並修正方向的人。

蘇珊娜和提摩西的關係看起來是和諧共處的雙頭馬車。

跟我和艾莉絲之間完全不同……嗚……

「咦？你……你怎麼了？為什麼突然哭了？」

「沒事，我只是稍微回憶起往事。」

「是嗎……死去的隊長是個優秀的人吧。」

「不……」

一點都不優秀，那個隊長直到最後都是個沒有用的傢伙。

比起那種人，成為隊伍名稱由來的傢伙反而優秀得多。

「總之……我會小心盡量不要妨礙到各位。」

「這樣啊……請多指教。」

之後，眾人繼續自我介紹。

「我是治癒魔術師，密米爾。治療是中級，解毒是初級。」

穿著偏白長袍，中等身材的密米爾。

「我是魔法戰士，帕特里斯。雖說是魔法戰士，也只是能使用初級的風魔術而已，幾乎完全算是戰士。」

腰上佩著劍，手裡拿著入門者用的魔杖，體格很健壯的前衛帕特里斯。

包括隊長在內，這三人大概都是二十五到三十歲左右。

我不知道他們當冒險者幾年了，不過既然是B級，已經充分算是老手。

然後……

「……我是中衛，弓箭手莎拉。」

最後是以嚴厲表情瞪著我的莎拉。

和其他四人相比，她很年輕。

才十四五歲。以這世界的標準來說，大概是將近成年的階段。

不知道是因為她一臉沒好氣，還是因為五官本身就是典型的阿斯拉人，讓我覺得她似乎可以說是有點像艾莉絲。

「怎樣啦？」

「不，沒事。」

由於被瞪了一眼，我轉開視線。

「話說在前面，我可不承認這種狀況，是因為蘇珊娜堅持我才勉強配合。要是你拖累我們結果害死哪個人，我絕對不會饒過你。」

「……是。」

對於似乎很不滿的莎拉，我並沒有特別說什麼。

雖說既然要組隊，還是先建立某程度的和睦關係會比較好……不過反正這些人只是萍水相逢的對象。

對方已經表示拒絕，我也沒有主動親近的必要。

「別這樣，莎拉。」

「可是，蘇珊娜……」

「說不定妳以後也會和我們分開，找其他冒險者組隊。」

「這什麼話，意思是隊伍要解散嗎？」

「有那種可能。而且我們之中萬一有哪個人死了，到時也不得不找新人加入。在阿斯拉王國時還可以耍耍不和討厭傢伙組隊的任性脾氣，但是從今往後，也會碰上那種任性行不通的狀況。所以，妳應該趁這段時期學習除了跟我們，還有如何跟其他人合作。」

「……」

噢，原來如此。

不光是對我的同情，還為了要教育莎拉嗎？難怪她特別熱心地一直來糾纏我。

選擇年輕的我，也是因為考量到五年後，甚至十年後的事情吧。屆時莎拉已經成長，新隊友比她年輕的機率也會提高，只要一開始就找我這種態度惡劣的傢伙組隊，之後和一般態度的人合作時想來會比較順利。

自己被利用了嗎……也沒差，既然是這麼一回事，我可以奉陪。反正也不會妨礙到我的目的。

「聽懂了嗎？那麼，既然大家都大致上介紹過自己了，我們出發吧。」

在蘇珊娜的號令下，一行人踏上討伐拉斯塔熊之旅。

三天後。

我們在羅森堡往北約三天路程的地點紮營。

從這裡到事前情報顯示有拉斯塔熊族群棲息的庫庫魯湖，還需要再花上幾個小時。拉斯塔熊在夜裡看不清楚，活動也會變慢。因此我們的計畫是在這裡等到晚上，然後才發動襲擊。

順便回顧在途中碰到魔物時的戰況，開起反省會議。

這支叫作「Counter Arrow」的隊伍並不是那麼糟糕的隊伍。

成員是兩名前衛，一名中衛，兩名後衛。

取得了不錯的平衡。

這樣的組合再加上我之後，採用的戰法是一旦發現遠處的敵人，就由我製造出泥沼來困住對方，再由擅長火魔術的提摩西盡可能在遠距離下減少敵人數量。要是敵人逼近，則換成蘇珊娜和帕特里斯往前，然後身為中衛的莎拉支援他們兩人。萬一前衛受傷，密米爾會負責治癒。

我們在途中多次打倒魔物，確認彼此合作的狀況，結果可以順暢地行動。

蘇珊娜、提摩西、帕特里斯和密米爾這四人的確是老手。儘管還不到瑞傑路德的水準，不過應該比艾莉絲更擅長團隊行動吧。

但是，工作只有施展泥沼實在讓人閒得發慌，因此我試著提出各式各樣的提案。

「演變成前衛戰鬥後，我也加入支援的行列是不是比較好……？」

「你還不清楚蘇珊娜和帕特里斯會怎麼行動吧！萬一失手打到他們怎麼辦！給我躲到後面去！」

「那麼，阻止敵人前進後，我也幫忙減少敵人數量是不是比較好？」

「萬一演變成長期戰，魔術師要保留魔力是常識吧！你的工作就是阻止敵人前進！那樣就夠了！」

「呃……那麼，等近身戰鬥開始後我也加入前線呢？」

「你是想讓我從後面射你嗎？」

我提出了各式各樣的建議，卻被莎拉全數否決。

老實說，真是綁手綁腳。即使碰上多次只要我也加入攻擊就能在敵人接近前解決的案例，最後還是演變成近身戰，前衛也多少受到一些傷。

這樣實在沒有效率。不過算了，只要想到這是為了讓莎拉累積經驗，好像也沒有那麼糟。

我自己在魔大陸時也做過類似的事情。

而且俗話說入境隨俗。

現在應該要忍耐綁手綁腳的狀況，趁機練習如何和他人互動合作。

如果在緊急時可以自主做出判斷，那麼行動時留有餘力並沒有錯。

畢竟團隊默契要靠平常的練習培養。

雖然我對自主判斷和團隊默契都沒什麼自信……

「你在這支隊伍裡是異物，所以只做叫你做的事情就行了，只要別拖累我們就對了。」

「是。」

倒是莎拉似乎不打算重視和我之間的團隊默契。

我不記得自己曾做了什麼，但總覺得她好像非常討厭我。

果然是因為第一印象太差嗎？

僅管我認為沒有必要勉強培養交情，不過看到如此排斥的反應，會讓我不由自主地回想起往事而有些難受。也就是回想起七歲時，艾莉絲還完全不肯聽我說話的那個時期。

「莎拉，妳也該適可而止，為什麼這麼針對他？」

「我才沒有……這傢伙明明年紀比較小，講話卻不恭敬一點……」

「以冒險者來說，那樣是很普通的態度吧？妳自己對我們講話也沒有恭敬到哪裡去啊。」

「是沒錯啦……」

「那麼，妳該把討厭對方的情緒藏在心裡。我們接下來要處理工作，妳別讓氣氛變差。」

「對……對不起……」

蘇珊娜這番話讓莎拉收斂態度。

然而看她最後還是瞪了我一眼的行動，想必沒打算道歉。

行前會議開完之後，她立刻躺下小憩。

這也是因為年輕嗎？

自己也來去小解一下，然後睡一會兒吧。

這樣想的我前往稍遠的地方站著尿尿，突然有一名男子來到我身邊。

是提摩西。他直接拉開褲子前方，拿出和長相並不符合的龐然大物後，和我一樣開始解放。

「不好意思啊。」

他突然向我致歉。

「……什麼事情不好意思？」

「莎拉的事情。她不是個壞孩子，不過最近有點得意忘形。」

「還如此年輕卻有那等實力，也難怪她會得意忘形。根本是天才嘛。」

Ｂ級的四人感覺是老手。

然而，只有莎拉有點不一樣。

她的實力看起來在這隊伍中顯得特別突出。戰鬥時，莎拉可以隔著相當遠的距離，正確地連續射中魔物的要害。也擁有狀況判斷力，敏捷靈活，而且不會出錯。

如果只論強度，或許有達到Ａ級。

這個世界的弓箭手並不多。因為弓箭明明是遠距離攻擊，攻擊力和射程卻都劣於魔術；再加上和只要睡覺就能恢復的魔力不同，箭矢數量有物質上的限制。箭矢增加就等於行李增加，不可能像某款ＲＰＧ遊戲那樣帶著一萬支箭矢跑來跑去。如此一來，還是學習魔術比較好。

然而，有時候所謂的卓越才能可以推翻性能的差異。

若能擁有無論何種狀況都可以正確射穿要害的本領，或是能以比魔術壓倒性迅速的速度來連續射擊，即使是弓箭也十分足以吃得開。至少在從事冒險者這一行時是如此。

不過，如果目標是想成為世界最強，那可就另當別論。

只是莎拉還這麼年輕就達到A級水準，和艾莉絲一樣是天才吧。

「雖然你這樣說，但你自己也相當厲害吧？看就知道了。在學校見識過老師使用無詠唱魔術後，這還是我第一次碰上能做到這種事的其他魔術師。」

「……就算能使用這種東西，也不代表重要的人會回來。」

「嗯，你說得對。是我冒犯了。」

無詠唱魔術當然很便利，但只不過是會使用這玩意兒就沉浸在優越感裡，又會有什麼下場？連討好女性都辦不到，到底有什麼用……

是啦，還是能拿來爭取名氣啦。

雖說可能會吸引到奇怪的傢伙，但是塞妮絲應該知道我會使用無詠唱魔術。

「不管怎麼樣，還是抱歉啊，魯迪烏斯。」

「別在意。」

話說回來，還真是有意思。

莎拉以外的四人似乎有看出我還能做更多事。

這大概是老手特有的觀察力吧。

他們行動時會完美地用盡自己擁有的每一分資源。

實際上，這些人的實力只到C級高階的水準。

然而靠著巧妙徹底運用資源的做法，讓他們能在B級從事冒險者工作。

這是一支確實分析自己的戰力，並在這種狀況下徹底使出全力，發揮出卓越性能的隊伍。

然而反過來說，這樣代表他們幾乎已經沒有「餘裕」。

對於莎拉叫我不要多事的行為，周圍只是告誡幾句卻沒多說什麼，一方面是為了讓莎拉本身成長，另一方面也是因為缺乏餘裕吧。

所謂的沒有餘裕，意思是萬一錯估我的性能而導致隊伍陷入危機，這些人無法妥善挽回。

當然，他們在來到此地的途中也有同時確認我到底具備多少實力。然而這些人本身應該也還在摸索自己在這片土地上能做到什麼程度。

所以就算自己宣稱能做多少事，也還不值得信賴。

雖然讓人不由得想問在這種狀態下為什麼還要帶我來……但大概是因為牽涉到同情心吧。

也就是說，無論是誰都無法完全按照盤算或理想去行動。

「這是當然的事情。」

不管怎樣，我只要專心做好支援的工作就行，不要去思考多餘的事情。

「謝謝。那麼日落之後就要出發，在那之前請先好好休息。」

「是。」

我點頭回應提摩西的發言，回到營地躺了下來。

★
★
★

拉斯塔熊在魔物層級中屬於B級。

在這個中央大陸西北地區，它們是以特別普遍的魔物為人所知。

外觀是長著白毛的熊，在身體的正中央有一條沿著背脊的黑線。

講到和一般的熊有什麼不同之處，是牠們會群體行動，還有在接近冬天時，會成群搜尋並儲存食物。碰上那段時期，襲擊人類的次數也會變多。不過因為牠們在夏季時比較安分，還會前往靠近水邊的地方繁殖，經常在這時遭到冒險者討伐。

驅除方法也已經確立，就是在夏季，尤其是針對繁殖期發動夜襲。

「好。」

我們登上一座略高的山丘，觀察拉斯塔熊的族群。

這裡的位置是下風處，還藏在小山丘的草叢裡，不必擔心會被發現。

牠們從午後到黃昏都會進行交配，然後睡一個晚上。

也沒有特地挖掘巢穴，而是跟海獅一樣癱在地上。

只要用魔術朝著族群連續攻擊，轉眼間牠們就會像是被戳到的蜂窩那般亂成一團，然後在不久之後朝著這邊衝來。

不過，到那時族群中的大半都已經死亡，剩下的靠前衛與中衛就足以殲滅。以上是這次的討伐步驟。

「莎拉，如何？」

「……大概二十隻。」

眼力最好的莎拉趴在山丘上偵察敵地。

拉斯塔熊的數量是二十隻左右嗎？

我看起來只覺得難以分辨，不過還是可以看出在相隔約三百公尺之外的地方，有好幾個類似白色的塊狀物體躺在地上，那就是拉斯塔熊吧。

這點距離，要是瑞傑路德在這裡，立刻可以幫忙掌握敵人的數量……不，我不該提起根本不在場的人。

「妳覺得行得通嗎？」

「沒問題！對吧？」

莎拉很有自信地回頭。我並不清楚拉斯塔熊的移動速度，但以位置來說是我方有利。還可以利用泥沼阻礙對方行動，再加上先前有睡覺休息，提摩西、帕特里斯、密米爾的魔力都十分充足。

「那麼，開始行動吧。」

聽到提摩西的發言，所有人都繃緊神經。

雖說區區二十隻是隨便就能應付的對手，不過也有可能碰上什麼意外狀況。

我和他們一樣鼓起幹勁，握緊手中的魔杖。

「願偉大的炎之加護降臨汝所求之處！猛烈狂暴的火焰啊，將巨大的恩惠燃燒殆盡吧！

『大火球』！」

「『泥沼』。」

在提摩西詠唱出中級火魔術的同時，我也設下泥沼。

位置剛好貼近莎拉射程內側的邊緣。只要把敵人擋在這裡，她攻擊起來也會比較輕鬆吧。

「願偉大的炎之加護降臨汝所求之處！猛烈狂暴的火焰啊，將巨大的恩惠燃燒殆盡吧！

『大火球』！」

提摩西連續使出的大火球雖然直徑有一公尺以上，卻以優秀的速度衝向拉斯塔熊的族群，然後著地。

即使從這個位置，也可以看到其中一隻被火焰吞噬，瞬間喪命。

在路上也看過多次，他的中級火魔術「大火球」具備優秀的威力，優秀的速度，以及優秀的命中率。想來相當熟練。

「被發現了。」

拉斯塔熊起了騷動，一隻隻朝著這邊狂奔而來。

大概是因為要打中會移動的目標並非易事，開始出現幾次落空，不過提摩西的大火球依舊精彩地逮中拉斯塔熊，讓數量一隻又一隻減少。

輕輕鬆鬆。

敵人到達我設置泥沼的地點時，已經少了一半。考慮到從這邊開始會因為莎拉的攻擊繼續減少，說不定沒有必要進行近距離戰鬥。

才這種程度卻是A級的委託嗎？

——正當我冒出這種想法時……

「咦！」

在拉斯塔熊群即將衝進泥沼之前。

提摩西的大火球照亮了族群周圍。

那裡有東西。

在泥沼旁邊，有大小和拉斯塔熊差不多的漆黑物體正朝著這邊移動。

「怎麼可能！黑色的拉斯塔熊！」

莎拉的叫聲讓我明白那東西的真面目。

是泥巴。

拉斯塔熊沾上泥巴藏起自己的身影，就像是穿著迷彩服。

當然，他們並不是利用我製造的泥沼來偽裝。

而是在湖泊附近，和我們觀察的族群隔了一點距離的地方有其他族群。它們屯聚在類似溼

地的地方，躲在泥巴裡睡覺時，旁邊的族群卻遭受襲擊，因此急忙起身衝向我們這邊。

「數量太多了！」

「撤退！快撤退！」

提摩西慌慌張張地發出號令。

新族群的數量就是多到讓他必須這樣做。五十……不，應該超過八十隻吧。如此大量的拉斯塔熊被大火球留下的火光照亮，正成群朝著這邊狂奔。

完全無法對付。

提摩西似乎做出這種判斷……

然而，可以說是太遲了。原本應該在吵醒牠們之前就發現躲在泥巴裡的族群，並決定不要展開戰鬥。

這是因為沒有趁著白天進行偵查才會發生的失誤。

「這裡的地形不好，我們必須先退回途中找到的場所！」

黑夜中響起蘇珊娜的叫聲。

她的判斷很正確。為了因應碰上太多拉斯塔熊的狀況，我們有事先找好一個地點，在那裡可以限制一場戰鬥中必須同時對付的敵人數量。

所以現在要退回那裡，重整態勢。這判斷並沒有錯。

只是我已經說過好幾次，太遲了。這個策略是在我們和敵人的距離更遠，而且還能確實在敵人前進方向上設置泥沼時才能使用的方案。

面對眼前那種從側面全速衝向這裡的拉斯塔熊，根本無法逃走。

已經走投無路。

「不行！會被追上！」

「嘖！我負責當誘餌，大家快逃！」

「蘇珊娜！」

蘇珊娜停下腳步，臉色蒼白的莎拉回頭看向她。

「不行！讓我留下！這是我的失誤！是因為我沒有發現敵人！」

「憑妳根本沒辦法擋住敵人！」

「笨蛋！那麼多隻，就算留下一兩個人也不可能擋得住！蘇珊娜要留下的話，所有人都一起留下！」

「好！讓它們嚐嚐厲害！」

聽到莎拉的喊叫聲，密米爾和帕特里斯也做出回應並擺出備戰架勢。

從前方進逼的成群拉斯塔熊。造成類似地鳴聲的聲響，以驚人速度迫近而來的這些傢伙明明是在黑夜，卻顯示出壓倒性的存在感。

莎拉的腳在發抖。

不只是她，蘇珊娜、密米爾、帕特里斯還有提摩西全都一臉鐵青。

然而，沒有任何人試圖逃走。

看到這一幕，我的心臟噗通噗通地跳得很快。

是因為拉斯塔熊正在靠近？不對，那種事情根本無關緊要。

為什麼呢？蘇珊娜和莎拉，還有密米爾、帕特里斯與提摩西。

看著他們……不知道為什麼，我內心悸動起伏，呼吸變得急促，情緒也持續高漲。

我不明白到底是為什麼。

雖然不明白，然而試圖迎戰拉斯塔熊的他們卻讓我感到欽佩。

「……啊。」

我下意識把手伸進口袋裡，握緊裡面的某個東西。

「魯迪烏斯！怎麼了！」

帕特里斯叫出我的名字，所有人都回頭看我。

這時，我也看到他們每個人的臉。

包括莎拉在內，所有人的眼中都還充滿鬥志。

每一個人都露出拚命的神色，想要繼續活下去。即使身處這種絕境，也沒有任何人放棄……沒有放棄求生。

我看著他們，突然領悟。

口袋裡那東西的感觸和他們的表情，還有被勾起的往事。

這下我終於明白。

明白了理由。

我知道他們為什麼會堅持留在原地戰鬥下去。

而且從很久以前就知道。

然後，當我回想起這一點時……

「不要緊，請包在我身上。」

我發出了甚至連自己都感到驚訝的平穩聲調。

於是我一邊隱藏內心，同時把魔杖朝向不斷逼近的拉斯塔熊。

「『獄炎火彈（Exodus Flame）』。」

魔杖產生的巨大猛烈火焰非常輕鬆地把成群的拉斯塔熊全部燃燒殆盡。

★★★

一個小時後。

湖泊周遭已經化為被燒燬的平野。

附近散落著大量拉斯塔熊的屍體。

雖然大部分屍體都成了焦炭，不過還有幾隻身上剩下應該可以賣錢的毛皮。

「……」

現在，我們正在進行拉斯塔熊的剝皮作業。

在那之後，因為我的火魔術而失去大部分同伴的拉斯塔熊開始四散逃走。

有幾隻繼續衝了過來，不過被蘇珊娜等人擊倒，而逃走的拉斯塔熊則被我用岩砲彈解決。

等戰場恢復安靜後，我對愣住的其他人說：「那麼，開始事後收拾吧」，才演變成目前的狀況。

必須收集拉斯塔熊的尾巴作為討伐的證據，還有進行有利可圖的剝皮作業。

不用說，這種魔物的皮能夠賣錢。

所以按照冒險者的作風，要盡可能剝下來帶回去。

我們以兩人為一組，開始動手。

我的搭檔是隊長提摩西，也就是魔術師組合。

提摩西一言不發，臉上掛著不知道該對我說什麼才好的表情。

不，不只是提摩西，其他人也保持沉默。

只是從他們身上並沒有感覺到負面的感情。

我自身也沒打算說什麼必要之外的發言。

「……」

等剝皮作業結束，把剝下的毛皮和尾巴聚集起來，再集中屍體予以火化時，天空已經開始泛白。

周圍充滿烤肉的味道。

聞到這種味道，讓我切實感受到討伐真的結束了。

這時，蘇珊娜來到我身邊。

「這次受你幫助了。」

她聳了聳肩膀，繼續說道：

「要是沒有你，我們已經全滅。雖然我原本就認為你的實力高過自己的預估，不過居然到了這種地步，實在超乎想像。」

「不……要是沒有我，你們根本不會承接這個委託吧。應該會選擇B級，或是為了評估現狀而從C級的委託開始著手。」

「也是啦……」

蘇珊娜搔了搔臉頰，但是我這些話並沒有挖苦的意思。

反而覺得感謝。先前在戰鬥中察覺到的事情，讓我的心情稍微輕鬆了一點。

「不過，謝謝你們帶我來，來這一趟是對的。」

「……這樣啊。那麼，該回去了吧？」

「是。」

蘇珊娜看了看我的臉，微微一笑，然後走向毛皮堆。

接下來，所有人都要盡可能多帶一點毛皮，然後踏上凱旋之路。討伐雖然結束，但委託還沒完成。直到把委託的證據帶回去並換成金錢為止，都是冒險的一部分。

我也來幫忙搬運吧。

這樣想的我扛起一落毛皮，這時突然注意到眼前站著一名少女。

是一個身高和自己差不多的少女。

「…………受你幫助了。」

莎拉只丟下這樣一句話，就小跑著往蘇珊娜那邊去了。

★ ★ ★

我們帶著大量毛皮回到冒險者公會後，我注意到異常的視線。

是那種針對外人的視線。

在冒險者當中，也有許多人選擇一個城鎮落腳生根。

要是來自其他城鎮的傢伙突然辦成什麼大案子，那種人就會像現在這樣送上帶刺的視線。

在治安比較差的地方，甚至會有人直接來找碴，要求交出保護費之類。

「……」

而現在，我們這群外來者非常順利地完成了「討伐拉斯塔熊」這種一旦成功就能大賺一票的委託。因此我看了看身為隊長的提摩西，想知道這下他打算怎麼辦。只見他笑容滿面地環顧四周，看向那些正露出敵視眼光的其他冒險者。

接著，提摩西對眾人如此宣布：

「今天要慶祝我們開始在這個城鎮活動！所以要請在場每一個人喝酒！所有人都移動到酒館去吧！」

聽到這句話，周圍的冒險者們紛紛愣住。不過這些人都很勢利，現場立刻響起歡呼聲。

「這次的外地人很大方嘛！」

「哈哈，你們這些傢伙真是太棒了！」

「呀呼！有免錢的酒可以喝！」

看到這光景，我感到很驚訝。

如此乾脆地揮霍掉耗費七天才賺到的報酬，真的好嗎？

「這就是提摩西的做法。只要像這樣在各處請其他人喝酒，無論去到哪裡都不會被討厭。畢竟考慮到被奇怪傢伙長久糾纏的情況，這種做法反而可以省更多錢。」

看到我傻眼的樣子，蘇珊娜似乎很自豪地看著提摩西做出說明。

不過……是嗎，原來如此。

的確，獲得金錢和成功會引起嫉妒。

既然這樣，只要慷慨地把成果分享給其他人，那麼嫉妒的傢伙也會覺得可以算了。

由於對於冒險者來說委託報酬就是生活費，因此這是難以實行的策略，不過他們是趁著賺到大錢時回饋給周遭，並藉此降低仇恨值。

「聽好了，大家可要記住！我們是從今天起，要在這個公會討生活的『Counter Arrow』和『魯迪烏斯．格雷拉特』！」

聽到蘇珊娜的喊聲，周圍也附和起來。

「Counter Arrow！Counter Arrow！」

「魯迪烏斯！魯迪烏斯！」

在公會裡迴響的唱名聲雖然只是暫時性的現象，卻顯示出這種做法確實有效。

既然有這麼明顯的效果，自己也該效法提摩西吧。畢竟我想盡可能避免和莎拉那類型的人起什麼無謂的衝突。

我一邊盤算，同時隨波逐流地往酒館移動。

★★★

過了幾小時，我回到旅社。

前往酒館以後，我也喝了幾杯。因為不習慣喝酒，再加上這城鎮的酒跟威士忌一樣強烈又有特殊風味，讓我很快就覺得不舒服而不得不使用解毒。我想自己大概再也不會喝酒。

我一邊對著還有點痛的腦袋使用治癒魔術，同時進入房間，在壁爐裡點起火。

「呼……」

壁爐裡的柴薪開始竄出小小的火苗。

大概還要花上一段時間房間才會變暖，但看著火會稍微有種安心感。

「……」

望著壁爐火焰的我從口袋裡拿出某樣物品。

是一塊白色的布。

但不是手帕。

而是在轉移事件裡失去一切後，莉莉雅送到我手上的東西……沒錯，就是聖物。

在旅途中，我一直把這東西放在口袋內。

我用雙手握住聖物後，抵在額頭上。

和拉斯塔熊戰鬥的時候，看到「Counter Arrow」眾成員的模樣讓我回想起洛琪希。

洛琪希，她總是拚命活著。雖然我並非親眼看過她陷入生死關頭的場面，不過我知道洛琪希以前是冒險者。

恐怕洛琪希也曾經和這次的「Counter Arrow」一樣遇上危機，一樣和同伴彼此照應互相幫助，最後活了下來。

然後，成為我的家庭教師。

成為家庭教師後，她把以冒險者身分生存並學到的東西教導給我。

把活著這件事轉化為真實感受教導給我。

而那種真實感受，想來就是源自於那些場面。

「說什麼死了也無所謂……」

我先把白色的布壓向自己胸口。

「什麼叫手邊已經什麼都不剩……」

然後在避免流出來的眼淚弄髒聖物的情況下把布抵在額頭上，蜷縮起身子開始痛哭。

「嗚……嗚……」

聲音化為嗚咽，抽泣無法停止，身體不斷發抖。

自己有確實獲得，也有確實留住。

之前失去了有點分量的東西，但是，我手中還有其他剩下的東西吧。

快點回想起來，回想起來到這世界時的往事。

回想起洛琪希，還有她帶著我第一次外出時的回憶。

我有確實學習，也有確實受教，當然不可以背叛這一切。

而且不只洛琪希。

我伸手摸了摸胸前的項鍊。

大概是莉莉雅親手為我製作的木雕項鍊。

她總是為我竭盡心力，應該會很期盼哪天能和我再度相見。

保羅也是，想必他還在米里斯那邊繼續奮鬥。

儘管彼此相隔遙遠，但自己還不是只有孤單一個人。

「……老師，請妳引導我。」

我怎麼能死在這種地方。

辛酸的遭遇確實讓人痛苦。

但是快想起來，「更久之前」不是更加辛酸痛苦嗎？

我不可以自暴自棄，要好好努力，去做必須做的事情。

「……好。」

最後，我從行李裡拿出另一塊布。

在旅程中我一直很沒出息地隨身攜帶，是艾莉絲留下的東西，也是充滿回憶的物品。

我一言不發地把這塊布丟進壁爐裡。

★莎拉觀點★

老實說，我根本瞧不起他。

聽到格雷拉特這名字，我一開始聯想到的是統治自己故鄉的貴族。

諾托斯・格雷拉特，米爾波茲領地的領主。

只有在我小時候，他帶著士兵來村裡狩獵魔物時曾經見過一次。

雖然記憶模糊，但我對那張似乎很狡猾的臉孔還深有印象。

魯迪烏斯和那些傢伙很像。

在阿斯拉王國，格雷拉特並不是少見的姓氏。

然而叫這名字的人大部分都是中、下級的貴族。

一般城鎮和農村的居民很少有人擁有格雷拉特這姓氏。

正確說法是，基本上那種身分的人通常沒有姓。

我也一樣。

獵人夫妻生下的我只有莎拉這名字。

我的父親跟母親也沒有姓氏。

換句話說，自稱魯迪烏斯・格雷拉特的這個少年是貴族的少爺。

他身穿便宜長袍，也沒有整理頭髮，裝成到處可見的冒險者，但是那根似乎很高價的魔杖導致沒能徹底掩飾住身分。

是個不知世事的井底之蛙。

像這種貴族小孩為什麼會離開阿斯拉王國，想前往北方大地呢？

從魯迪烏斯的表情可以推測出答案。

和斯文的遣詞用句相反，他表現出一副有陰影又試圖排斥周遭的態度。

恐怕是在貴族就讀的所謂貴族學校裡或是其他什麼地方碰上討厭的事情，要不然就是和父母吵架了吧。

簡而言之，他是離家出走。

離家出走的貴族少年並不是那麼罕見的存在。

雖然我覺得難以理解，不過阿斯拉王國貴族這種得天獨厚的環境似乎並非每個人都能夠接受。

那種小孩會逃離家庭和學校，想要成為冒險者。

貴族從小就接受教育。

讀寫和算術自不用說，有的家庭還會讓小孩學習劍術。

好像部分貴族會捨棄魔術認為沒有必要學習，但我也有聽說過有些學校把初級魔術列為必修課程。

從小就學習劍術或魔術，在學校裡對世情有一定程度的了解後，有很多小孩會脫離這種奢侈的人生軌道。

尤其是差不多魯迪烏斯這年紀的小孩特別會如此做。

我以前也曾經多次護衛那種貴族小孩。

雖然沒碰過像魯迪烏斯這樣想離開阿斯拉王國的例子……不過大概都會在經歷過一兩次的冒險後輸給恐懼心，決定回到原本的環境。

聽說也有發揮出才能並且就這樣成為冒險者的人，但我沒見過。

我認為魯迪烏斯也是那種貴族少爺之一。

而我很討厭那種貴族少爺。

出生於富裕的家庭，無憂無慮地接受教育，只要發呆就能夠獲得富足的生活。

對於這種傢伙想成為冒險者的事情，我感到很憤怒。

不，即使退讓一百步，想成為冒險者這種想法本身還可以原諒。

但是他們完全沒有以冒險者身分活下去的心理準備，也沒有做好失去生命的心理準備。

要是遇上魔物而受傷或是同伴陷入危機時，他們會逃走。

因為，他們還有地方可以逃回去。

要是感到厭惡覺得害怕，回去也沒關係。那些人是先準備好退路，才來挑戰成為冒險者。

從來沒想過世界上有那種無處可逃，想靠著冒險者這種工作來度過一生的人。

也完全不會去思考那種人因為配合他們的消遣結果受傷，被迫結束冒險者之路後會是什麼下場。

我認為魯迪烏斯也是那種人之一。

一開始聽到他要去尋找母親雖然讓我受到衝擊，但是過了一陣子之後，可以推論出他是在說謊。

我想他大概是自認和其他人不同，所以不願意在阿斯拉王國當冒險者，而是要前往北方大地。

也認為遇上束手無策的狀況時，這傢伙會一個人逃走。

所以，我想讓他什麼都別做，至少要讓他別妨礙到我們。

老實說，我真的把他看扁了。

結果魯迪烏斯不但沒有逃走，還幾乎只靠自己一個人就解決了整群的拉斯塔熊。

他隱瞞自己是上級，甚至是聖級魔術師的事實。

正因如此，讓我更加火大。

事實上我們的確靠他才能得救，所以我姑且表達了一下謝意，但還是無法坦率地感謝他。

「我說，莎拉，妳要鬧脾氣鬧到什麼時候？」

「我才沒有！」

回到旅社之後，這種煩躁感也沒有減輕。

我實在無法認同那個貴族少年。

況且基本上，我本來就討厭貴族。

「蘇珊娜，我才想問你們為什麼要特別關照他？」

「妳問為什麼……因為看到那麼小的男孩一個人旅行，沒辦法丟下他不管啊。要是之後聽說他死掉了，會讓人睡不好吧。不過呢，若以實力來說，感覺是我們多管閒事。」

「丟下他不管就好了吧，反正尋找母親是謊話，他只是離家出走之類吧。就算死了也是自作自受。」

「莎拉。我知道妳不想認同他，但是不該把明知不是謊話的事情硬說成是謊話。」

其實我心裡很清楚。

如果真的是謊話，魯迪烏斯不會做出那種行動，不會在冒險者公會裡當著眾人落淚。

我心裡也很明白。

他說的事情——被捲入菲托亞領地的轉移事件，學習魔術，花了好幾年回來後卻發現家不見了，所以在尋找下落不明的親人……這些都是真的。

因為和他一起承接過委託，所以我自以為已經理解這些悲慘的命運並不是謊話。

「……」

不過，內心卻有某處在拒絕魯迪烏斯。

感覺自己絕對無法認同某件事情。

說不定，我是不想承認受到貴族少爺幫助的事實本身。

「哼，這次他似乎還有餘力，萬一沒有餘力時，那傢伙肯定會逃走。」

接著我鑽上床轉身背對蘇珊娜，就像是要拒絕她說任何話。

不知道為什麼，胸中滿滿的不甘心。

第三話「泥沼的魯迪烏斯」

「呼……呼……」

我在朝陽升起前的昏暗城鎮中跑步。

吐出來的氣息形成白煙，道路上結了一層薄薄的霜。

每往前踏一步就會響起清脆的聲響，也在腳底留下舒服的感覺。

我一邊看著城鎮景象輕快地往後流逝而去，同時專心地持續往前跑。

「呼……」

到達旅社前方後，我終於停下。

「今天的練跑如何呢？」

我做著深呼吸，並且聆聽來自發抖雙腳的意見。

右腳是廷達洛斯，左腳是巴斯克維爾。

這些是我可靠的雙腳，我希望它們能變得像獵犬般敏捷而如此命名。（註：兩個名字皆為小說中的獵犬名字，廷達洛斯出自於克蘇魯神話，巴斯克維爾則出自於福爾摩斯系列小說）

「哈哈……是嗎是嗎，好好好。」

我摸著如同小狗那樣和自己嬉鬧撒嬌的肌肉們，並回到旅社內。

散步後，必須確實幫它們按摩才行。

不能使用治癒魔術。那種方式的確可以舒緩肌肉酸痛，卻無法培育出愛情。

「你們今天也很努力呢。」

我總是在練跑結束後帶著愛情揉捏自己的雙腳。

灌注多少愛情，肌肉就會回報多少。它們絕對不會背叛，是必定會回應自身努力的存在。

不過呢，一旦我付出的愛情不夠，還有碰上過度苛責的情況時，它們會冷淡以對。所以是必須鄭重相待的對象。

之後萬一遭遇什麼緊急狀況，這份緊密的情誼就會對我伸出援手。

「哎呀，我當然沒有忘記你們。」

檢查完雙腳後，接下來換成手臂。

右手是浩克，左手是赫拉克勒斯。

這些是我可靠的雙臂，我希望它們能變得強壯威武而如此命名。

我會先處理雙腳，接著才輪到它們。身為魔術師的我並不太需要手臂肌肉的力量，然而也並非完全不會用到。畢竟人類會在形形色色的情況下使用雙手，如果不事先鍛鍊，就會在各式各樣的場面時流下悔恨淚水。

它們非常善妒。而且因為彼此全部相連又共享情報，要是不打算使用之類的想法傳出去，會立刻鬧起脾氣。

「好了，伏地挺身一百次，從第一組開始。」

我趴在地上，開始讓上半身緩慢但持續上下移動。

這動作的重點不是次數，完全是以鍛鍊為目的。

我一邊鼓勵逐漸發出喜悅顫抖的浩克與赫拉克勒斯，並持續增加它們的負荷。自己感到很痛苦，但它們也很痛苦。

然而這些一起吃過苦的記憶，今後必定會化為彼此之間的情感與力量。

「呼……好，辛苦了。你們真的很努力。」

我一邊慰勞它們，同時進行按摩和冰敷。

浩克和赫拉克勒斯似乎也很滿足。今天也能感覺到好感度提昇，很好很好。

而且還流了暢快的汗水。

「……那麼，今天也請多多關照。」

用熱水沖掉全身汗水後，我對著設置於旅社房間角落的祭壇祈禱。

接著從祭壇拿下聖物，小心翼翼地用布包好，再放進口袋裡。

原本把聖物從祭壇上拿下的行為是一種絕對不可以發生的事情，然而考慮到被偷走的風險，這也是逼不得已的做法。畢竟貴重品要隨身攜帶是住在旅社時的鐵則。

「好啦，希望今天能有不錯的委託。」

我喃喃自語，然後換上長袍，離開旅社。

在那之後，過了幾個月。

我重新開始重量訓練和體型塑造，同時按照預定從事冒險者工作。

「泥沼，上次也多虧有你幫忙！」

「你果然很可靠！」

「我也有參考你使用支援魔術的時機喔。」

身為冒險者，我成功邁出還不錯的第一步。

「不，受到幫助的是我這邊。自己只不過是從旁協助而已，我想正是因為大家很有實力才能得出成果。」

「你又這麼謙虛！既然能做到那種水準的行動，一般人可會更自以為是呢！」

「要不，你也可以就這樣直接加入我們的隊伍！」

「不，那個……」

「喂，不是講好不可以挖角嗎？」

「哎呀，不好意思啊。」

「啊哈哈……」

我基本上是獨立活動，碰到有隊伍在猶豫是否要承接以自身實力來說有點困難的委託時，就會毛遂自薦表示自己可以提供支援，然後像傭兵那樣跟著對方，持續做出幫助他們的行動。

報酬是該委託能獲得之金額的一成左右。還有擊倒魔物後會取得一些素材等雜物，這部分的收入則是要看我拿得動多少，其中一半算是我的份。沒有加入隊伍，而是以傭兵身分跟著對方並索取金錢的行為，據說並不是太受到冒險者公會肯定的舉動；然而公會方面還是睜一隻眼閉一隻眼，認定這樣基本上並沒有違反規則。

我想這大概也是因為公會知道我已經失去隊伍，但還是在拚命尋找母親吧。

要是移動到其他城鎮，肯定必須乖乖臨時加入隊伍。

只是對於加入其他隊伍的行為，我果然還是會感到排斥。

「不管怎麼樣，僱用你真是太對了，下次再麻煩啦。」

以恭敬又謙虛的態度待人，但是會在戰鬥中彰顯自身的價值。

這些努力或許並未白費，「魯迪烏斯．格雷拉特」在這個城鎮已經變得相當出名。

「喲！泥沼！」

「泥沼！下次來幫忙我的隊伍吧！正好我們即將出發！」

「不好意思，我今天實在只能先看好下一個委託要接什麼。」

不過呢，並不是普通的魯迪烏斯，而是「泥沼的魯迪烏斯」這別稱比較廣為人知。

大概是起因於我以支援為由，總是使用泥沼和濃霧這類魔術吧。

而且可能該歸功於我仿效提摩西的做法，大部分的冒險者都會對我展現笑容。

當然，這正是因為「便宜」、「性能優秀」、「不懂得金錢的價值」、「年紀比自己小」等評價才會帶來這種結果。畢竟不管是誰，對於有利於自身的對象都會笑臉相向。

然而，至少我有讓出入冒險者公會的人們記住了自己的長相和名字。

看這種進展，想來不需要多少時間，傳言就會擴散到城鎮裡。

「喂！泥沼！如果我有在哪裡聽說你母親的情報，會想辦法把消息傳達給你。」

「啊，請多幫忙。」

和幾天後就要移動到其他城鎮的隊伍擦身而過時，對方給出這種承諾。

我的計畫進行得很順利。

只要繼續這樣下去，傳進塞妮絲耳中的日子應該也指日可待。

當然，前提是她待在不遠的地方，然而那樣的可能性其實非常低。

即使如此，我還是不認為自己目前在這裡執行的活動是白費力氣時間。

因為在這城鎮能做到的事情，去到其他地方應該也能比照辦理。

就這樣，我要不斷移動到各式各樣的城鎮，讓名聲往北方大地的東部擴散再擴散，如此一來，總會在某處讓塞妮絲也聽聞我的消息。

花了三個月的結果是總算得到一點回應的程度。若想獲得確實的成效，恐怕必須在一個城鎮待上一年左右。這計畫會耗費讓人想昏倒的漫長年月。

然而，我還是只能去做。

是這樣吧，洛琪希老師？

「喂，你看他又在祈禱。」

「就說別管他，應該是很虔誠吧。之前我也有看到他在路邊祈禱。」

哎呀這可不好。

等我回神時，才發現自己又拿著聖物在進行簡易祈禱。

不過，只要有這個在手邊，自己就不要緊。我還能繼續下去，還能繼續努力。

只要有洛琪希老師的守護，我就能所向無敵，是絕對無敵的魯迪烏斯機器人。我是機器人，是機械。

「哼……」

「什麼泥沼啊。」

「看他那得意忘形的樣子。」

當然，也有看我不順眼的傢伙。

不過，沒有必要在意。至少那些傢伙並沒有直接出手妨礙。只要我繼續擺出恭敬態度並放低身段，站在我這一邊的勢力就比較強。畢竟有很多人不希望便利工具鬧起彆扭。

對於那些討厭的傢伙，我有避免和他們牽扯上關係。

其實我希望那些人也能提供協助，但是不需勉強。

我的目的又不是要和所有人類都建立起友情，行事時要保持高效率，要有效率。

「啊……」

我一邊這樣想一邊準備離開冒險者公會，認識的面孔卻剛好進來。

是莎拉。

「唔……」

她一看到我就繃起臉，感覺實在很差。

「你在看什麼？」

「不，沒什麼。」

彼此之間的關係也依舊沒變。莎拉似乎打從初次一起承接委託時就看我不順眼，總是用這種語氣跟我說話。

「你正好要回去？」

「對，我剛完成委託，接下來打算回旅社去。」

「哦……我們正要去承接委託，你要一起來嗎？」

「呃……嗯……」

或許是因為有一開始的緣分吧，我和冒險者隊伍「Counter Arrow」曾經聯手數次。他們是和我合作次數最多的隊伍。

考慮到自己的行動目的，和同一支隊伍多次共同行動的效果很薄弱。

因為只要和對方培養出一定的交情，讓他們了解我的實力和目的之後，再繼續合作並沒有意義。

「呃……是明天出發嗎？」

話雖如此，不知道為什麼我總是無法徹底拒絕他們的邀請。

連我自己也不太懂。然而，不久之前是靠著這些人才能察覺到自己的負面部分，所以或許我是想報恩一下吧。

我是基於這種想法才提出問題，莎拉卻嘟起嘴巴。

「看你每次都很猶豫……要是不想來大可直接拒絕啊。反正我們又沒有叫你一定要來。」

老樣子，莎拉又講出這種拒人於外的發言。

不過呢，和一開始的態度相比，我覺得似乎有改善。至少，最近不太會表現出當初那種渾身是刺的感覺。

不過呢，也不能說是特別要好……

算了，我又不是希望她對我抱著必要以上的好感。

「不好意思啊，我這個人比較優柔寡斷一點，必須多花一點時間才能做出決定。」

「……你講話可以別那麼客套嗎？聽起來真噁心。」

莎拉以平靜的表情這樣說。

這並不是故意挑剔，而是她真心如此認為吧。

但是啊，就算被她批評為噁心，我也不打算改變。因為我已經決定要以這種恭敬態度來處世。

「莎拉，別這樣。」

這時，其他成員也進入公會。

最前面的人有著淺褐色皮膚，一頭雷鬼辮全紮在腦後，是蘇珊娜。

後面則跟著身穿紅色長袍的提摩西，以及密米爾與帕特里斯。

正是「Counter Arrow」一行人。

「是～」

聽到蘇珊娜的發言，莎拉嘟著嘴把臉轉開。

「那麼魯迪烏斯，你要來嗎？」

聽到這問題，我再度開始思考。

雖然先前我說過自己必須多花一點時間才能做出決定，但心中其實早就有了答案。到頭來，我只是想擺出猶豫的表面態度而已。

「嗯，請讓我參加。」

「那麼，至少先決定要承接哪個委託吧。」

「好。」

扣掉莎拉的挑剔，「Counter Arrow」可以說是一支好相處的隊伍。

有會照顧人的蘇珊娜，態度和善的提摩西，以及沉默寡言的其他男性成員。

不僅作為隊伍的平衡性很好，而且對於我在場時的互動等方面，他們現在也變得可以確實配合，因此戰鬥時非常容易行動。

當然，這些互動中也安排了促進莎拉和前衛們成長的步驟，不會演變成我一人殺遍四方的狀況，所以多少會感到受限；不過這樣與其說是在幫忙，我反而更覺得像是在進行團隊合作。

換個講法，就是……有伙伴的感覺。

「那麼，要選哪一個呢？這次還有魯迪烏斯參加。」

「大姊，這個應該不錯吧？」

「哦？A級的採集委託嗎？雪龍獸（Snow Drake）的鱗片……嗯～可是，對我們來說是不是有點負擔太重？」

「這次魯迪烏斯也在，我想趁機選個報酬稍微好一點的委託應該也沒問題吧。」

看到他們在告示欄前方討論，總有種懷念的感覺。

以前，我和艾莉絲以及瑞傑路德也是像這樣站在告示欄前說這說那。

雖然基本上負責做決定的人是我……

「……魯迪烏斯，你覺得如何？」

「咦？噢，我也覺得不錯。」

如今則成為被徵詢意見的這一邊。

這種狀況在「Dead End」裡沒發生過。我不是這支隊伍的隊長也不是副隊長，而是圈外人般的存在，所以可以毫無壓力地提出意見，然後等哪個人下決定。

實在輕鬆。

「那就決定了，選這個吧。」

在蘇珊娜的定奪下，他們選定委託。

雖然這次的委託又跟之前類似，不過這種事情累積下去才會產生結果。

加油吧。

隔天。

★★★

完成準備的我和「Counter Arrow」的眾人一起離開城鎮。

目標是南方。

從羅森堡往南移動約兩天的地方，似乎有個遺跡是這次的目的地。那是我本身還沒去過的場所。

不過基本上，我已經先針對這次委託做了預習。

「採集雪龍獸的鱗片」。

所謂的雪龍獸，在這附近是只有棲息於該遺跡裡的魔物。而且正如其名，擁有如雪般潔白的鱗片，是龍的低階種族。體型大約有三公尺到四公尺左右，沒有翅膀所以不會飛行，會在洞窟和迷宮等地的深處築巢並成群生活。

由於雪龍獸擁有強大戰鬥力加上會成群活動，因此以強度來說被分類為S級。然而它們討厭光線也不太會外出，再加上個性較為溫和，只要不襲擊巢穴就很少會主動攻擊，所以危險度被視為較低，頂多是A級高階吧。

這次我們要入侵這種雪龍獸棲息的加爾高遺跡，搜索遺跡內部，收集掉落在遺跡內部的鱗片。就是這種形式的委託。

因為雪龍獸的鱗片具備優秀的隔熱性，主要是被當成建築材料。儘管在這個天寒地凍的地區有各式各樣的隔熱材料，不過雪龍獸的鱗片是特別高級的一種。不但堅硬牢固又耐用，而且原本幾乎透明澄澈的白色在反射光線後會微微泛出藍色，呈現出非常漂亮的色彩。所以會被當成磁磚使用，鋪設於貴族宅邸的寢室等地方。

還有也會被用來製作鎧甲和盾牌，據說巴樹蘭特公國的禁衛騎士團就擁有使用雪龍獸鱗片的鎧甲和盾牌。冒險者中擁有這種裝備的人雖是少數，不過因為這些裝備對附近一帶的魔物能發揮出高效果，S級冒險者中也有人使用雪龍獸鱗片製作的裝備。

當這個大陸上的魔物彼此相爭時，這附近最強大的魔物依舊是最強。所以當人類和其他魔物戰鬥時，用這種魔物的素材製作的裝備會有效果。就是如此簡單易懂的道理。

我們接下來將要入侵這種魔物的棲息範圍。

當然，我們不打算接近巢穴。不過遺跡裡除了雪龍獸，還棲息著各種其他魔物；況且雪龍獸本身雖說個性溫和，或許也會因為受了什麼刺激而襲擊我們。

基於以上理由，隊伍的眾人似乎也顯得有點緊張。

在闖入遺跡之前，野營時的討論比往常更加仔細慎重。

「我這次有帶火龍骨做的箭鏃，不過可能會沒有用。」

「那麼，要不要也用毒呢？」

「既然這魔物討厭光，用火是不是可以擊退？」

「如果那樣就能擊退，就不會被歸類成將近S級。」

他們很認真。

每個人都各自收集情報，也準備表現出自己能力所及的最大效能。如果他們個別的能力更有水準，或者是隊伍成員湊齊上限的七人，應該已經輕鬆升上A級吧。

只是，像這種認真過頭的做法，在冒險者中也算是相當偏離主流。

一般冒險者行事通常會更加隨便。

「魯迪烏斯，你從先前起就沒發表任何意見，可別拖累大家啊。」

「嗯，當然不會。」

「真的拜託了，因為我的箭矢本來就有可能會沒用……要是敵人靠近你，說不定我會沒辦法徹底掩護到……」

莎拉這次似乎也很緊張。

雖然她擁有百發百中的射擊能力，面對擁有超高硬度鱗片的敵人卻顯得弱勢。

當然能瞄準的地方還是很多，例如眼睛或嘴巴等等，但是卻無法否認不利的事實，也經常會陷入每況愈下的情形。

而且，A級就有一大堆魔物能夠承受或閃避莎拉的箭矢。

這次的雪龍獸也是其中之一。

出沒於雪龍獸住處的其他魔物並沒有什麼大不了，然而這就代表和A級以上的魔物交手時，莎拉的攻擊不被視為火力的情況所在多有。

會讓人覺得很不甘心吧。

但是基本上所謂的冒險者就是這麼一回事。

以一己之力能辦到的事情並不多。我也是一樣，自己一個人根本什麼都做不到。

自認無所不能卻被更強大的對手擊潰，以為已經理解卻被人賞了個出其不意，這才是世間常有的事。因此，人必須謙虛過活。

莎拉還很年輕，至今大概很少嚐到挫折滋味。

對於這次狀況的理解，似乎也只是抱著如果自己的攻擊無效，不知道其他成員會有何下場的想法而已。

算了，關於這部分，只要其他人和我有巧妙輔佐她就行了吧。

萬一那樣還是不行，也可以到時再說。

「大家不需要過於緊張，這次的委託再怎麼說都是採集，並不是要和雪龍獸戰鬥。只是要幫忙掃除一下那些傢伙自己掉下來的鱗片而已。」

「說得也對，行動時記得要極力避免戰鬥。」

「如果遇上什麼危險，只要逃走就好。」

「畢竟你這人溜得很快嘛。」

「密米爾，逃得最快的人明明是你吧？」

提摩西的發言讓大家都笑了，也稍微緩解成員們的緊張情緒。

他平常很沉默，卻能在必要的時候講出必要的發言。我也很想作為參考。

「好！那麼我們出發吧！」

蘇珊娜拍了拍手，其他成員紛紛繃緊表情站了起來。

遺跡的入口位於走下溪流再往前一點的地方。

山溝裡有條漂浮著碎冰的河川，岸邊可以看到一個顯得突兀的洞窟。

洞口約有一半被冰覆蓋，冰柱形成類似屋簷的形狀，所以從山崖上難以看清。

這外觀與其說是遺跡，反而更像是個熊窩。

也會讓人覺得是不是弄錯了。

然而有情報顯示，大約在十年前由某個冒險者偶然發現的加爾高遺跡入口確實是這種感覺。不過幾乎沒有關於內部的情報，所以我也不甚清楚。

「真的是這裡沒錯嗎？」

蘇珊娜的感想也是我的真心話。

「因為有人的腳印，我想大概沒錯。」

莎拉指出的地方的確看得到腳印。

雖然不確定人數，但可以看出有相當多人出入此處。

「哎呀，居然有腳印……該不會是重複接案了吧？」

「不……腳印本身看起來像是五六天前的東西，我想應該不是。」

「不過，還是可能有人先到一步吧？」

「因為有朝向洞窟外的腳印，對方也有可能已經回去了。」

我一邊聽著莎拉和蘇珊娜的對話，同時準備進入洞窟。

拿出事先準備好的火把後，我在前端點火。這是探索洞窟時的必須品。雖說也可以使用提燈，不過火把上點燃的火焰本身可以當成武器，而且就算稍微粗暴對待也不會熄滅，所以就算在戰鬥時緊急丟了出去，依舊能夠當成光源。

只是洞窟內有可燃氣體時可能會造成慘劇，用火過度也有缺氧的危險，然而如果要擔心這種事情，最好打從一開始就別進入洞窟。

其實要是有光線更亮，能代替火把的東西就好了。

真想要ＬＥＤ提燈。

「這裡到處都結著冰，大家要小心腳步。」

從領頭的蘇珊娜開始，我把火把遞給其他人。

聽說在探索迷宮時，好像也有人會事先決定負責拿火把的成員，不過我們是人手一把。因為沒有哪個人的夜間視力特別好，又有身為弓箭手的莎拉在，所以是越亮越好。

只要六個人都拿著火把，雖然無法亮得跟白天一樣，至少可以讓人不會有壓力。

「……」

進入洞窟後，閒聊時間結束。

大家都默默無言地沿著洞窟內有點下坡的單一道路前進。

魔物的數量很少，偶爾會出現長得像蚰蜒的魔物，不過那東西弱到可以由前鋒的蘇珊娜一個人解決，因此目前為止並沒有發生稱得上戰鬥的戰鬥。

不過要是這個狹窄又只有一條路的洞窟裡出現大量魔物，其實也讓人困擾。還有接下來的路程也是一樣，萬一發現魔物的密度很高，那麼我們恐怕必須考慮撤退。就算只要到達深處就完全不會出現魔物也沒有用，還是得那樣做才行。

由於有時候會踩到結冰的地面，如果不謹慎一點，大概很容易跌倒。

基本上我們有在鞋底加釘作為對策，不過會跌倒的時候還是照跌不誤。

「啊！」

「小心。」

因為眼前的莎拉身體整個失去平衡，我立刻伸出手幫助她站好。

預知眼在這種時候很方便。

其實不管是這種時候還是其他時候，至今為止，預知眼從來不曾未能派上用場。

「……你在摸哪裡？」

「我沒摸哪裡。」

我在乾燥的地面把她放下後，莎拉按住胸口，回過頭惡狠狠地瞪著我。

「……」

她的雙頰泛紅，雙眼依舊對我怒目而視。

是因為我摸到她的胸部所以生氣嗎？就算說摸到，我的手上也只留有堅硬的觸感。所以自己並不是摸了她的胸部，只是稍微碰到護胸而已。就算她不高興我也沒辦法。

況且以我來說，才不會因為這種小事而興奮起來。

過去就算只是這樣或許也會讓我的心跳稍微加速，但我已經不是處男。

「對不起。」

話雖如此，我還是道歉了事。

然而，由於洞窟本身很狹窄，所以行列的間隔只能隨之變窄。

現在是蘇珊娜和帕特里斯負責擔任雙前鋒，中間是密米爾和莎拉，最後是我和提摩西，形成兩列縱隊前進。

我的眼前是莎拉的頭頂，不過身高比我略矮的她前面有帕特里斯擋著，大概什麼都看不到吧。

為了確保視野以及避免攻擊受阻，我很想讓中間的成員稍微往旁邊移動。然而遺憾的是空間實在不夠，只能照這樣繼續前進。

先預想一下萬一遭遇緊急狀況時，要如何在前衛的兩人前方製造出土壁好了。

「……哦？」

我正在思考這些事情，洞窟卻突然到了盡頭。

周圍亮到讓人以為來到外面，視野也變得開闊。

「喔喔……」

抬頭一看，只見上方有無數正發出藍白色光芒的某種物體。

是苔蘚嗎？還是寶石之類？儘管無法判別，不過毫無疑問是那些東西發出的光芒讓周圍明亮到即使不拿火把也沒問題。

路也變寬廣了，至今為止只能容許兩人並排的道路一口氣變寬到可以讓五人輕鬆通過的寬度。

而且靠近深處的地方，有其中一側的邊緣成了懸崖。

懸崖底部太暗所以很難看清，不過似乎是湖或河川。如果是湖，大概是地底湖那類吧。肯定棲息著巨大的魚，真不想掉下去。

然後在道路前方……沿著懸崖直直往前延伸的道路前方出現了我們的目的地。

一個有些崩毀，但還是呈現巨大要塞外型的建築物。

那就是加爾高遺跡。

「加爾高遺跡是第一次人魔大戰時建造的要塞，建造者是當時被人們畏懼為五大魔王之一

的地底魔王『拉岡哈岡』。」

提摩西喃喃說道。

這名字聽起來似乎會在死前召喚出破壞神。（註：指電玩《勇者鬥惡龍Ⅱ》的敵方角色，大神官哈岡（ハーゴン））

「據說地底魔王能使用神級的土魔術，所以擅長像這樣在人族無法干涉的位置建造要塞，還會在地底挖出道路後再發動大規模奇襲。」

「哦……你真清楚呢，提摩西先生。」

「這一帶過去似乎是地底魔王和人族激戰的區域，所以有好些相關事蹟被當成很久以前的故事而流傳下來。我以前也經常聽人講述。」

原來是口傳嗎？

不過，既然至少有像這樣在地底建造出如此巨大的要塞，這些故事應該是事實吧。

敵人能夠大量建造出那種雄偉建築，還會從地底下挖洞發起奇襲。意思是城牆根本沒有意義，士兵們必須過著擔心不知何時會遭受攻擊的日子……面對那樣的對手，人族能打贏戰爭還真是難能可貴。

「我記得提摩西你是出身於拉諾亞王國吧？」

蘇珊娜像是突然想到那般回頭看向後方，開口說道。

「是的，我出生於拉諾亞王國的無名村莊，在以魔法大學聞名的魔法都市夏利亞長大，抱著夢想前去阿斯拉王國成為冒險者，之後體認到現實，直至今日。」

拉諾亞王國嗎？

我總有一天也會前往那裡吧。

「敵襲！」

我正在胡亂思考，莎拉突然大叫起來，然後放下火把舉起弓。

跟著看向她的視線前方後，只見有某種約一公尺大小的黑色物體正飛往這邊，而且速度相當快。

「是巨蝙蝠（Giant Bat）！」

「排出陣形！敵人由後衛處理！」

聽到莎拉的報告後，蘇珊娜喊出指示，帕特里斯則站到我的眼前，宛如一堵高牆。

這是由蘇珊娜、帕特里斯和密米爾在前方保護我和莎拉以及提摩西三人的陣形。

因為敵人會飛，再加上此處的地面雖然夠大，但附近就有懸崖導致難以行動。

所以擔任前衛的三人負責成為屏障，剩下的三人負責擊落敵人。

「喝！」

莎拉低聲一喊，迅速射出箭矢。於是箭矢宛如被吸引那般直接衝向以驚人速度飛行的巨蝙蝠，命中其中一隻的頭部。中箭的魔物邊旋轉邊掉往懸崖下方。

第一箭就是這麼美的預測射擊，真是藝術。

「——微小的火星將會把巨大的恩惠燃燒殆盡！『火炎放射（Flame Thrower）』！」

提摩西不做那麼藝術性的事情。

他把雙手朝向空中，使用能攻擊廣範圍的火魔術來迎擊敵人，瞬間就讓兩隻巨蝙蝠掉進湖裡。

「『爆風』。」

至於我則更加粗枝大葉，只是張開雙手，在空中造成爆炸而已。

既然那些蝙蝠如此巨大，這樣應該就夠了吧。正如我的盤算，剩下的巨蝙蝠紛紛被打穿翅膀，無法飛行並往下掉落。

看到巨大蝙蝠搖搖晃晃地降低高度，我鬆了一口氣。

念頭剛起，下一瞬間有某物從湖裡現出身影。

「喔喔……」

「好噁……」

男性們表示感嘆，莎拉則覺得噁心。

從湖裡現身並一口吃下蝙蝠的東西是更巨大的青蛙。

看起來就有毒的藍黑色對比讓我聯想到箭毒蛙，眼前那傢伙肯定有毒。

儘管很難辨別尺寸，但是大到能夠把一公尺的蝙蝠當成蒼蠅般一口吃掉的程度。所以大概有五公尺，說不定更大。

看起來精力非常旺盛，似乎還在張望周遭，期待有更多食物再掉下去。

天氣這麼冷卻沒冬眠，雖說是魔物倒很頑強嘛。

「真不想掉進那裡去。」

聽到蘇珊娜喃喃說出的這句話，冒著雞皮疙瘩的莎拉也點頭同意。說不定她討厭青蛙，我個人倒覺得那長相挺討人喜歡……

況且魔大陸上有長得像青蛙的種族，討厭青蛙會很難度日。

「小心別掉下去，然後趕快前進吧。」

在提摩西的發言後，我們開始沿著懸崖邊的通路往前走。

加爾高遺跡很龐大，靠近觀看會受到震懾。

高度約有五層樓，寬度大概和國中校舍差不多。雖然不知道有多深，但根據這種彷彿被岩石掩埋的現狀，推測內部相當寬廣想來不會有錯。

以我在這世界見過的建築物來說，儘管這裡的規模還不到可以名列一二的地步……然而知道有如此巨大的東西存在於地底下，還是讓我難掩驚訝情緒。是利用土魔術建造的嗎？

入口呈現的感覺不像正門，反而看起來類似後門，或是像個只是建築物牆壁崩塌後形成的洞口。

此外，從這裡能看到的景色也很不錯。

左手邊是我們先前花了一大段時間走下來的崖邊通路。右手邊有個巨大的空洞，下方是一片寧靜的湖泊。即使在我原本的世界，這種景色恐怕也難得一見。就算能看到，頂多也只會出現在電玩遊戲和影片中，的確是屬於奇幻世界的風景。

然而，這裡卻有某種光看影像無法體會到的東西。包括味道和空氣，還有巨大青蛙偶爾發出噗通聲並讓湖水激起一波漣漪，這些都會帶來一種令人寒毛直豎的現實感。

要是在湖裡游泳會發生什麼事呢？甚至連這種想法都快要浮上心頭的我只是愣愣地望著眼前景象。

「你要看多久？」

「啊……不，我立刻過去。」

在莎拉的催促下，我回到隊伍中。

「你喜歡建築物嗎？」

「也不是特別喜歡，只是我以前很少看到像這樣的地方。」

「是喔……」

目前正在工作。要是我手邊有攝影機的話大概已經拍了下來，然而現在沒有空做那種事。必須趕快結束任務，回到城鎮。

回到那個只有自已一個人的寂寞房間……

「……」

我甩甩腦袋趕走負面想法，同時看向前方。

「這就是第一次人魔大戰時的魔族要塞嗎……」

我姑且曾在魔大陸上旅行，因此見識過幾個魔族的建築物。

從利卡里斯鎮的奇希里斯城開始，有很多建築都是龐大且顯得異樣的城堡。

這個加爾高遺跡也不例外，不過果然是因為這裡已經有點年代還是該怎麼說，給人的感覺和以往見過的建築物有些微妙的差異。或者也有可能因為這裡是戰鬥用的建築。

整體來說構造龐大，天花板的高度將近五公尺。相較之下通路有點狹窄，造成一種不平衡的印象。

說不定是因為士兵整體來說都很高大，所以天花板才會這麼高。畢竟魔族跟人族不同，有各式各樣的種族，想來是為了配合這一點。

至於通路狹窄，可能是考慮到遭受攻擊時的情況。

「嗯……蘇珊，接下來是右邊。」

「好。」

等我回神，才發現提摩西正拿著遺跡地圖前進。

由於出入此處的人還不算少，才能製作這樣的東西吧。

「哎，魔族到底是在想什麼才會蓋出如此複雜的建築物呢？」

提摩西在我旁邊悄悄嘆了口氣。

我探頭瞄了一下地圖，可以看到跟迷宮沒兩樣的內部構造。
的確乍看之下，這種構造很像在表示是因為覺得很酷才故意蓋成這樣。
不過如果是魔族，就算真的做出那種事情也沒什麼好奇怪……
「他們的身體構造和我們不同，說不定這樣有這樣的便利性。」
「真的是那樣嗎？」
既然在這種地底下也成軍作戰，應該會有能飛行的傢伙和能緊攀在牆壁上的傢伙吧。如果真有那類成員，這些挑高的天花板和狹窄的走廊，還有雜亂無章的構造說不定都有什麼能讓人信服的理由。例如天花板上那個看起來像通風口的洞穴其實是特定種族用的通路……之類。
雖說只有一部分，不過假使這裡真有魔族能通過但人族無法使用的通路，在關鍵時刻想必能發揮作用。
「……」
話說回來，從先前起就沒看到魔物的身影。
有情報顯示遺跡內部有很多蟲類和兩棲類的魔物，不過從剛剛到現在卻連一隻也沒出現過。雖然到處散落著骨頭，還有些地方沾著像是血跡的東西，可是依舊沒看到魔物本身。
不過呢，這不是可以放心的狀態。
這時，我聽到風聲。咻的一聲，讓人背脊發冷。
「有敵襲！」

聽到這聲音，密米爾突然大叫。

我看向前方、後方、上面，因為沒有發現敵人身影而感到不對勁。

「在哪裡？」

「腳邊！」

原來敵人在下面。

路上到處可見的骸骨正發出喀噠喀噠的聲音並緩緩站起。

是骨頭人。

不，錯了。這是骷髏兵(Skeleton)。

而且就像是被會動的骸骨吸引，道路前端出現某種半透明的物體。

那玩意兒沒有頭，也沒有腳。

可是卻擁有像是人類的細瘦軀體，身上的破爛斗篷隨風搖曳，正滑行般地慢慢靠近這裡。

是幽靈。

「出現骷髏兵和幽魂(Wraith)！」

「要盡量讓敵人靠近一點！帕特里斯！」

「知道了！」

「莎拉和提摩西還有魯迪烏斯負責後面！只要攻擊骷髏兵就好！」

「是！」

聽到這句話，我回頭看向後方。可以看到骸骨拿著滿是鏽斑的劍，喀噠喀噠地靠了過來。速度頗快。

「閃開！」

莎拉從身為後衛的我和提摩西旁邊通過，來到前方。

她把弓揹了起來，手裡拿著一把大型匕首作為替代武器。

「魯迪烏斯，骷髏兵的弱點是敲擊！」

「這我很行！」

我把手朝向骷髏兵。

既然弱點是敲擊，就是我擅長解決的對手。

「『岩砲彈』！」

我最擅長的魔術擊中跑在最前方的骷髏兵，把它擊碎。岩石形成的砲彈直接貫穿敵人，把背後的骸骨也一併打碎。

「——不確知之神啊！請回應我的呼喚，擊碎敵人！『岩砲彈(Stone Cannon)』！」

提摩西慢了一步，同樣擊出岩砲彈。他的魔術只有打碎一個敵人。

我贏了……不對，這又不是在比賽。

「這邊解決……」

「還沒！」

我已經轉往後方打算支援蘇珊娜他們，卻因為提摩西的喊叫而再度朝向正面。

「！」

映入視線裡的是骷髏兵。

先前打碎的骷髏兵逐漸集中，正準備再度組成一個具有人型的個體。

「只要幽魂還活著，骷髏兵就是不死身！」

對了，說起來的確是那樣。

骷髏兵是不死身。即使放火燒，燃燒中的骷髏兵也能夠繼續行動，而且被燒光之後還能從灰燼中再復活。

最有效的攻擊是以強大力量敲打，這是能讓骷髏兵無法行動的最迅速方法。

接著必須趁骷髏兵無法行動的期間打倒幽魂。

雖然也可以用火魔術對付幽魂，但只能得到暫時性的成果。據說被火魔術消滅的幽魂過了一段時間之後就會復活。

對那個幽靈最有效的攻擊是神擊魔術。神擊魔術遠比火魔術快速，而且可以完全消滅幽魂。被神擊魔術打死後，幽魂就不會再度復活。

順便說一下，聽說骷髏兵要是被神擊魔術擊中也會化為點點光粒消失，然而只要沒打倒幽魂，好像就會無限召喚出骷髏兵。

「將恩惠賜予慈母般大地的吾之神啊！對違背天理的愚蠢之徒給予神罰吧──

『Exorcistrate』！」

然後，看樣子密米爾就是能使用神擊魔術的人。

聽到陌生詠唱的我回頭一看，正好密米爾施展的光團直接命中幽魂。

「嘰啊啊啊啊啊！」

幽魂發出最後的慘叫，逐漸消失。

半透明的身體四分五裂，化為光粒消滅。

同時，骷髏兵也像是失去支撐力那般崩塌瓦解。

「好！全都解決了！恢復原來的隊形！」

聽到蘇珊娜的號令，莎拉從我身旁走過，站到前方。密米爾也回到中衛的位置，形成和敵人出現前相同的陣形。

話說回來，那就是神擊魔術嗎？

「這是我第一次看到神擊魔術……還有幽靈系的魔物。」

「算上今天，我也只是第二次。還記得第一次那時什麼都不懂，結果死了一個同伴，是很苦澀的經驗。」

「那時候密米爾先生不在嗎？」

「嗯，因為是組成這隊伍之前的事情。不過幸好我們為了因應緊急狀況，已經有事先練習過彼此該怎麼配合。」

我正在和提摩西說話，莎拉轉向這邊，做出把手指放在嘴邊的動作。是因為我們的對話太吵，害她無法聽到聲音吧。

「抱歉。」

這裡的確不是可以悠哉閒聊的地方。

毫無疑問，大意會導致死亡。

……只是居然連幽靈系的魔物都出現了，實在詭異。

那個幽靈看起來像是戰士……該不會是第一次人魔大戰時的亡靈吧……不，怎麼可能，那種有歷史的幽靈會繼續在看起來滿常有活人進出的這個遺跡出沒嗎？不可能，想必是這幾年內死掉的冒險者。

南無阿彌陀佛，成佛吧。

「嗯？是這裡吧。」

蘇珊娜的發言讓我猛然回神。

仔細一看，宛如迷宮的通路已經結束，眼前是一個頗有規模的空間。

可以看到一段約有一百公尺，既寬又長的走廊，還有已經崩塌的樓梯。兩側排列著巨大石像，顯然是一個前方有什麼重要場所的地方。

「喔喔！」

然後，地面上。

散落著大量的白色鱗片，宛如剛飄落的櫻花。

那些東西就是我們的目標，雪龍獸的鱗片。

明明是高級品，卻掉得滿地都是。

根據情報，這裡是雪龍獸從巢穴外出覓食的必經路線。在出發覓食之前，或是得手回來之後，雪龍獸似乎都會在這裡理毛。所以想收集鱗片，就是要前來這個地方。

「裡面是雪龍獸的地盤。不可以超過位於最深處的那個石像，大家都聽好了嗎？」

「知道了！」

聽到蘇珊娜的警告，男性們紛紛回應，然後各自按照計畫開始收集鱗片。

至於我則和莎拉、提摩西負責一起警戒前後左右。依照情報，這裡的深處會出現雪龍獸；反方向和二樓會出現巨蝙蝠、紅眼鼴鼠、蕈人(Myconid)或幽魂等魔物。

萬一雪龍獸出現，我們必須躲到東西後方或是先前那條通路裡；要是碰上其他魔物，則動手擊倒對方。

一邊對應魔物一邊收集鱗片，等帶來的六個袋子都裝滿後就收工，接著打道回府。

雖說一旦和雪龍獸發生戰鬥會很棘手……然而即使如此，還是可以說這次的工作輕鬆到讓人不覺得是A級委託。

我認為就算和魔物戰鬥更多次也很正常，不過魔物的數量卻格外稀少，只有出現幽魂。

這種時候多半會發生什麼事，必須提高警覺……

「……」

我一邊這樣想，同時警戒著雪龍獸巢穴的方向。

也就是最裡面的石像那邊。那個石像把纏著鎖鏈的手扠在腰上，張開雙腿站立，身上只有穿著短褲、護胸和斗篷，是個妖艷的女性。可惜頭部已經斷落不見。

聽說石像雙腳之間那個大型入口的另外一邊，也就是從這裡再進去一點的地方就是雪龍獸的地盤。所以雪龍獸如果會出現，大概會來自那個方向。

「……」

話說回來，我好像在哪裡看過那石像的打扮……

啊！是那個嗎？那石像該不會是奇希莉卡．奇希里斯吧？

我之前遇到的奇希莉卡有著小女孩般的外表，該不會，不，不可能……不過，通常那種作品在製作時都會美化很多，所以被塑造成那種美女也是很正常的事情。

只是，再怎麼說也捏造過度了吧？尤其是胸部和身高。

嗯……真的好大……

「哎呀，這樣不行！」

我要集中精神，好好集中。

集中之後，才能不管敵人何時出現，無論意外事故何時發生，都可以做出對應。

不過啊，現在的我即使看到胸部也不太會感到興奮，是因為已經知道真貨摸起來是什麼感覺嗎？

畢竟自己不是ＤＴ了……

「………怎麼回事！」

提摩西突然大叫。

同時，像是要震裂耳膜的叫聲也衝進我的耳裡。

「我有不妙的預感……」

「所有人都準備戰鬥！先把袋子放到旁邊去！」

討厭的預感總是會應驗。

我們形成密集隊形，開始警戒。響遍周遭的叫聲似乎是來自遺跡深處，而且越來越大聲。

「……」

我緊張地觀察四周。

叫聲聽起來數量很多。如果接下來會湧出大量魔物，只帶著收集到的鱗片趕緊離開也是可行的辦法。前衛三人各自收集了一袋，這三袋都已經裝滿。應該也有達成委託規定的數量。

蘇珊娜也看著周圍的鱗片、袋子，並側耳聽著叫聲。

「……叫聲沒有朝我們這邊過來，我認為加快速度繼續收集會比較好。」

她這樣說完，看了一眼空袋子。

的確叫聲聽起來似乎很遠，感覺上也不是往我們這邊過來。如果是有其他什麼人刺激到雪龍獸，或許趁機收集鱗片也是一種選擇。

可是，那充其量只是預測，我們還是有可能遭到戰鬥波及。

要保持安全界限以最低值來完成委託？還是要稍微踏入危險區域但是以最大值來達成委託……？光是像這樣在這裡警戒，危險區域就會越來越逼近。當然，接下來也有可能什麼事情都沒有發生，不過無論是要逃走還是要繼續收集，我希望早點決定。

「我也覺得繼續收集比較好。」

「同意見。」

「畢竟只差一點嘛。」

莎拉、密米爾和帕特里斯這三人贊同蘇珊娜的意見。

老實說，我認為逃走比較好。然而遺憾的是，就算這次委託失敗，我也不需承擔任何風險，處於可以不用支付失敗違約金的立場。所以，我不會表示任何意見。

「好，那麼反正只差一點，我們立刻動手收集吧。」

提摩西做出決定後，眾人再度開始收集。

雖然比之前更加強警戒，但是我卻覺得叫聲越來越大，似乎也越來越吵鬧。

我緊握著魔杖，持續監視石像那邊。

聲音從遠方傳來。面對石像時會覺得叫聲來自這個方向，不過大概是因為遺跡內有回聲，也像是來自後方。

乾脆除了我們前來的那條通路，把其他地方都用土魔術堵住，這樣如何？

不，萬一到時候魔物從那條通路出現，可就沒救了。

冷靜一點，有時候明明還不確定發生什麼事情，卻會做什麼都適得其反。幸好至今為止沒有打幾場戰鬥，所有人都頗有餘裕，也還留有即使陷入危機也能想辦法突圍的餘力。嗯，正因為如此，蘇珊娜才會提出以收集為優先的建議。

萬一魔物出現就打倒對方，自己只要思考這件事就好。

我一邊盤算，同時等待收集作業結束。

聽著幾乎讓雙腳不由自主發抖的叫聲，靜靜等待。

「……嗯？」

隨著收集作業即將接近尾聲，叫聲也逐漸變小。

「……？」

蘇珊娜抬起頭，懷疑地看著聲音傳來的方向。

看樣子是我白擔心一場。說不定只是雪龍獸進入發情期，正在進行求偶行動而已。有一些動物也是在發情期時會特別吵鬧。所以或許，只不過是雪龍獸現在剛好處於那種時期。

做出這種推論的我放鬆緊握魔杖的手，就在這瞬間——

「嗚！敵襲！」

從石像腳下的空間，以及少了頭部的缺口都冒出白色的塊狀物體。

像壁虎一樣長著四隻腳，還擁有雪白鱗片的蜥蜴……雪龍獸正以驚人的速度從石像另一邊湧進這個地方。

視線範圍很快就被大量的蜥蜴填滿。

它們以充血的雙眼觀察周遭，然後在我們的眼前緊急停下。

光是視線所及的部分，就可以數出六隻。至於其他的雪龍獸甚至沒辦法擠進範圍內。

「……！」

因為實在過於突然，連提摩西也整個愣住。

也講不出撤退這個命令。

然而，看起來對方似乎也是一樣。雖然我沒看過蜥蜴吃驚的表情，然而那些雪龍獸卻把眼睛睜大成圓形，停下腳步彷彿滿心警戒，而且還半張著嘴巴露出利牙，像是在威嚇我們。

時間宛如已經凍結，我們和雪龍獸面對面看著彼此。

「快逃啊！」

就在我大聲叫喊的同時，提摩西等人也反射性地衝向出口。

「真是夠了！怎麼又是這種模式！」

帕特里斯的抱怨彷彿成了一種信號，雪龍獸群也開始行動。

「『土堡(Earth Fortress)』！」

我製造出土牆堵住它們的前進路線，一道像是要截斷通路的土製壁壘。

高度差不多到達石像的肩膀，隔開我們和雪龍獸。

趁這期間，我也轉過身子跑向出口。

途中回頭瞄了一下，可以感覺到自己喉嚨深處發出一聲驚叫。

雪龍獸是蜥蜴，只有高度的牆壁根本沒有任何意義。從上面的縫隙和旁邊的縫隙都接二連三地探出雪龍獸的腦袋。

不妙，再這樣下去會被追上，而且還會被包圍。

雖然靠著每天的練跑而不會氣喘吁吁，但也只有這樣。我的速度很慢。

「嗚！」

於是我回過身子，舉起手朝向它們。

對手是蜥蜴，什麼招式會有用？冷氣嗎？例如降低溫度讓它們行動變慢之類？

「『冰槍暴風雪（Blizzard Storm）』！」

情急之下我用出了冰魔術。空間裡刮起驚人的激烈冷風，散落一地的鱗片在空中飛舞，好幾根有大腿那麼粗的冰槍朝著鑽過縫隙的雪龍獸飛去。

明明空間狹窄，雪龍獸卻以敏捷的動作閃開。

雖然有幾根打中，效果卻很薄弱。冰槍直接被彈開，無法擊穿雪龍獸的鱗片。

我失算了。雪龍獸的鱗片是隔熱材，冰魔術怎麼可能會對棲息於這片寒冷地區的那些傢伙有用。

土牆被推倒了。

可以看到白色塊狀物體從瓦礫堆中往這裡前進，而且數量多到連用上兩隻手的手指都無法數盡。

巨大的白色蜥蜴衝向我的眼前，數量真的很驚人。之前只能看到幾隻，但現在它們攀在牆壁上，數量也越來越多。而且明明身軀龐大，這些傢伙卻每一隻都能以媲美小型蜥蜴的速度行動。

不行了，已經沒辦法逃走。只能戰鬥，邊戰鬥邊後退。我辦得到嗎？辦不到吧。

其他人能夠安全逃走嗎？

我有先假設自己死亡的情況，並在旅社裡留下信件。在冒險者之間，要是有哪個人死掉，會由剩下的隊伍成員整理遺物。儘管我不是「Counter Arrow」的成員，不知他們是否會幫忙把信送給我的親朋好友……

我把左手放進口袋，握緊裡面的東西。

面對步步進逼的雪龍獸，我做好心理準備。

「喝！」

就在此時，後面響起喊聲。

箭矢從我身邊飛過，刺中雪龍獸的左眼。

「嘎啊啊啊啊啊！」

雪龍獸發出驚人的叫聲，往旁邊一偏並撞上一座石像。然後就這樣邊摩擦著牆壁邊繼續往前，和我們錯身而過。

「——微小的火星將會把巨大的恩惠燃燒殆盡！『火炎放射(Flame Thrower)』！」

接著，我的左邊衝出一道火焰。

正在逼近的雪龍獸因為討厭火焰，所以停下腳步。

「上了！帕特里斯！」

「好！」

除了中間的蘇珊娜，還有帕特里斯和密米爾也站向前方。

前衛三人，後衛三人。

不知不覺之間，他們已經組成以我為中心的這種陣形。

「敵人沒有針對我們！攻擊時要讓眼前的傢伙轉往其他方向！」

「好！」

「從左邊來了！」

前衛們互相提醒，並迎戰雪龍獸群。莎拉彎弓射箭，提摩西使出魔術，從後方提供支援。

難道他們是來幫我的嗎？

為什麼？我又不是隊伍成員。

「……」

我還在發愣，提摩西輕輕拍了拍我的後背。

他們真的是回來救我。

一想通這點的那瞬間，心中湧上某種溫暖的東西。

「……嗚！」

然而，我也同時把那種溫暖之物壓抑下去。

自己也不明白理由，只是，總覺得有種無法完全承受的感覺。

無法承受那份溫暖。

「你在發什麼呆！趕快戰鬥啊！」

莎拉的喊聲讓我總算回神。

「啊……嗯！」

我把魔杖朝向成群的雪龍獸，並注入魔力。

多虧有前衛幫忙阻止對方，讓我稍微恢復冷靜。

的確，可以感覺到雪龍獸並不是要襲擊我們。雖然把我們視為障礙物並試圖排除，然而大部分的雪龍獸都會避開我們，沿著牆壁或天花板往後方移動。

如此一來，我們的對手不是整個族群。

只要對付眼前的兩三隻就好。

而且那還是只要給予傷害，就會自動閃向旁邊開始逃跑的對手。

即使受傷也不會成為嚙貓的窮鼠，沒有戰意的對手。

莎拉的弓箭不管用，提摩西的魔術無法造成致命傷，至於蘇珊娜和帕特里斯的攻擊也絕不能說是有效。

然而，如果只是要撐過這段危機，總有辦法應付。

「『岩砲彈』。」

我為了讓眼前的敵人轉向，放出岩砲彈。

我的岩砲彈一旦直接命中，就能打碎雪龍獸的鱗片，挖出傷口。不過即使如此，依舊無法形成致命傷。不知道是因為距離的問題，還是因為雪龍獸在快被打中前想辦法順勢化解。不過這樣就好，這樣就可以讓雪龍獸改變前進路線。

我要重複這個動作，光是這樣做就能夠活下去。

「好！大家要慢慢移動到牆邊！」

聽到蘇珊娜的指示，我們開始往牆邊移動。比起站在通路正中央，躲到旁邊去更能限制對方衝刺的方向。

順便說一下，只要沿著這路線繼續往後退，還可以到達出口。

雖然不知道這波雪龍獸洪水會持續多久，不過我們應該能脫身。

當我一邊這樣想，一邊慢慢往右移動時……

「喝啊！」

洪水另一頭突然噴出鮮血。

有某個東西跳了起來，以驚人的速度在戰場上驅馳，同時將雪龍獸一隻隻砍裂。

不僅如此，接著洪水另一頭又出現別的東西，開始把火魔術擊向四方。

雪龍獸就像是被那些東西追趕，想要逃到遺跡外面。

「怎麼啦怎麼啦！」

先前的某個東西……站在最前方的男子接二連三地擊倒雪龍獸，他背後的其他人則提供支援。

是援軍……我反射性地這樣判斷。

看了一眼提摩西後，他似乎也是同樣想法，對我點了點頭。

「好，我們也進攻吧！」

「沒問題！包在我身上！」

蘇珊娜衝向前方，開始反擊。

打倒最後一隻雪龍獸的人是我。

岩砲彈直接命中雪龍獸的頭頂，打碎它的腦袋讓裡面的東西噴濺出來。

「……結束了嗎？」

我喃喃說了一句，然後再度警戒起周遭。四周躺著大量的雪龍獸屍體，大部分是被半途參加的那些傢伙解決，不過也夾雜著不少我們打倒的個體。現場已經看不到還在動的雪龍獸。

我仔細檢查天花板附近和陰暗處是否還躲著雪龍獸，目前看起來似乎沒有問題。

「……」

最後，我和那些從遺跡深處冒出來的傢伙們視線相對。

以身穿深藍色外套的劍士為中心，他們每一個人都在看著這邊。

有拿劍的人、拿盾的人，還有拿杖的人……根本不需要確認，這些傢伙是冒險者吧。

站在最前面的男子大概是劍士，而且實力相當高強。

他跨著大步往這邊靠近。或許是因為戰鬥才剛結束，那張會讓人覺得他個性似乎不太好的臉孔依舊繃得很緊。

然而我們的確受到他們的幫助，還是必須道謝吧。

這樣想的我對提摩西使了個眼色。這種時候，應該要由隊長代表大家去和對方交談。雖然是因為我逃太慢才會演變成和他們見面的狀況，但姑且先閃到後面去。

「你好，我是『Counter Arrow』的提摩西。」

提摩西以客套的態度靠近男子。

「先前真是——嗚！」

真的很突然。

仍然繃著一張臉的男子居然揮拳毆打提摩西。

看到提摩西倒地，蘇珊娜和莎拉一起拿起武器。

「搶了別人的獵物，別擺出一副嘻皮笑臉的樣子！」

男子惡狠狠地瞪著蘇珊娜和莎拉。他展現出不高興的氣勢，還可以從視線裡感覺到殺氣。

「搶？我們是突然遭到這些傢伙的襲擊！是被你們波及！」

蘇珊娜反射性地大叫。

然而男子卻哼了一聲，用火大的眼神看向蘇珊娜。

「趁別人工作時偷偷從後門溜進來，打算只摸走鱗片，哪能說什麼突然不突然！」

「我們根本不知道你們在工作！」

「我們之前就大肆宣傳過了吧！」

「就說沒聽說啊！」

男子在生氣，他後面的那些傢伙也在生氣。

然而，我總覺得雙方在各說各話。

不過，我知道他們是誰。

這些人是「Stepped Leader」，S級的冒險者隊伍。

隸屬大規模集團(clan)「Thunderbolt」的強大隊伍，也可以說是羅森堡這城鎮中的最強冒險者。

這男子是「Stepped Leader」的隊長，名字應該是叫作佐爾達特・黑克勒。

據說是個使用劍神流劍術的厲害劍士。

「啊。」

回想到這裡，我的記憶串連起來。

蘇珊娜對我的聲音做出反應而回過頭。不僅是她，在場的每一個人都看向我。在眾人注視下，我一瞬間感到有點退縮。

「魯迪烏斯，你知道什麼嗎？」

「呃……就是，話說起來，之前他們的確在公會裡說過要承接S級的委託。」

沒錯，剛好在「Counter Arrow」因為別的委託外出時，這些傢伙的確在公會裡嚷嚷過一些話。

說什麼他們會去承接某個委託，回來以後大家可以讚頌他們的偉業之類。

而承接的委託應該是……

「討伐在伊爾布隆洞窟裡大量出現的雪龍獸族群……」

「你說伊爾布隆洞窟？那個地方距離這裡不是有一天的路程嗎？」

聽到我的發言，蘇珊娜開口大叫。

對於這句話，佐爾達特也帶著不快感回應：

「講什麼鬼話！哪有什麼距離，這裡就是伊爾布隆洞窟！」

「啥！你說什麼夢話！這裡明明是加爾高遺跡！」

蘇珊娜和佐爾達特的發言針鋒相對。

「蘇珊娜，妳冷靜一點。」

這時，被打的提摩西爬了起來，要蘇珊娜退到後面去。

「提摩西……你還好嗎？」

「嗯，他似乎有手下留情……莎拉妳也把弓放下。」

提摩西摸著脖子，用另一隻手制止在後面已經把弓拉滿的莎拉。

「我大致上明白發生什麼事了。」

雖然嘆了口氣，但提摩西果然還是帶著笑容看向眼前男子。

「的確在幾天前，伊爾布隆洞窟出現大量魔物，去討伐的隊伍幾乎全滅，殘存下來的一個人宣稱在洞窟深處看到雪龍獸的巢穴……這件事情我有聽說。」

對，我也記得此事。

伊爾布隆洞窟是距離羅森堡一天路程的洞窟，出現的魔物大多是E到D級，由於深處有岩鹽，有時候會有冒險者承接委託去採集。

那樣的地方，發生突然湧出大量C級魔物的事態。

因為附近有村莊，距離羅森堡也很近，危險性和緊急度都很高，所以立刻貼出委託。

然而承接委託的隊伍卻全滅，從殘存者口中得知目擊雪龍獸族群的報告後，原本B級的討伐依賴被提升到S級。

就在眾人都感到畏縮的狀況下，平常都主要是在探索迷宮的S級冒險者隊伍「Stepped Leader」自願出面……

「我就在想路上的魔物怎麼特別少……其實也沒什麼，是伊爾布隆洞窟和這個加爾高遺跡的最深處由於某個因素而互相連通，所以加爾高遺跡的魔物大量湧入了伊爾布隆洞窟吧。」

「……」

加爾高遺跡是過去魔王的要塞。

魔王在地下建造堡壘，到處挖洞並攻擊地上的人族。

如果伊爾布隆洞窟也是那些攻擊用洞穴之一的話……其實也沒什麼好奇怪。

不知道是因為戰爭而封住道路，還是因為經過長久歲月發生坍方等狀況而導致通路自然塞住。

不過實際開了個洞之後，魔物們就經由這條通道，整群湧向有大量食物的伊爾布隆洞窟。

遺跡這一邊的魔物之所以特別稀少，正是因為這個原因吧。

「所以，你們是接了其他委託才來到這裡？」

「是的，在回到公會後要進行確認也沒問題。」

提摩西如此一說，佐爾達特就皺起眉頭。

接著，他憤憤地啐了一口。

「嘖，突然打人是我不好……」

「不，戰鬥剛結束時本來就會比較激動，如果你又有誤解，那也是沒辦法的事情。我們這邊才覺得不好意思。」

我們完全沒錯。

雖然我如此認為，提摩西卻開口道歉。這也是處世的方法嗎？

「不過，這些傢伙是我們的獵物。所以在這裡的屍體中，你們只能分到一隻，可以吧！」

「嗯，那是當然。」

提摩西雖然滿臉笑容，不過莎拉與蘇珊娜似乎對這個提案無法信服，都露出不快的表情。

然而她們並沒有抱怨，這是因為冒險者之間有默契。

也就是萬一在和魔物交戰時有其他隊伍遭到波及，那麼被波及的那一邊只能分到一隻剩下的戰利品。這默契原本是為了抑制隊伍故意被波及的行為。

「你們拿完鱗片後，就把事後處理交給我們，直接回去吧。我們會把遺跡深處的洞穴也確實封死。」

佐爾達特講完這句話就轉身離去。

「Stepped Leader」的其他成員也聳著肩往遺跡深處移動。

接下來，他們大概要去收拾另一邊巢穴裡的屍體吧，還要獨占戰利品。

雖然我不覺得狡猾，但一想到連我們辛苦打倒的份也要由他們處理，就有種無法接受的感覺。

畢竟要是他們沒出現，我們也不會陷入危機。所以我甚至反而希望他們給個賠償金之類。

雖然演變成那種爭執也很麻煩……總之心情複雜。

「那麼，收集完鱗片後就回去吧。」

我看著提摩西那帶著疲勞的笑容以及腫起來的臉頰，不由得嘆了口氣。

回到冒險者公會後，可以看到公會後方堆著大量的雪龍獸爪子、鱗片以及牙齒。

順便說一下，在冒險者公會內，「Stepped Leader」的眾成員正在得意地宣傳自己的戰果。

「——就是因為這樣，伊爾布隆洞窟和加爾高遺跡的深處連了起來。所以要是沒有我們，現在這城鎮也有可能正受到大量雪龍獸的攻擊呢！」

可以看到其他冒險者以帶著苦笑的表情聆聽心情很好的佐爾達特敘述事件始末。

看著這樣的他，會讓我不由自主地想到保羅。並不是因為長相很像……或者是保羅年輕時就是那種感覺吧。

「走吧。」

不管怎麼樣，「Counter Arrow」的成員們似乎並不太想待在公會裡。

他們以沒好氣的表情穿過公會內部，迅速辦完達成委託的手續後，來到外面。

「那麼，魯迪烏斯，這是你這次應得的分量，確認一下吧。」

「好，非常感謝。」

接過的袋子裡裝滿了雪龍獸的鱗片。

雖然氣氛變差，但報酬還不錯。

儘管發生很多事，不過我們成功帶回的雪龍獸鱗片比原先的預估更多。

因為我們判斷這次的事件有可能會導致雪龍獸鱗片以後的價錢水漲船高，所以這次並沒有全部換成錢，而是決定以鱗片的狀態保存。

說不定保存個半年左右，就可以讓手頭變得相當寬裕。

雖說我就算有錢也不會去動用，不過比起沒錢，還是有錢比較好。

「那麼，我就在這邊先走一步了。」

「……魯迪烏斯！」

自己正打算離開，卻有人從後面叫我。

很難得，叫住我的人是莎拉。她面對著我似乎有什麼話想說，但是伸出來的手卻停在一半的位置。

難道是又要講什麼挖苦我的話嗎？

我還在推論時，莎拉開口說道：

「我說你啊……偶爾要不要參加一下慶功宴？」

「咦……？」

「慶功宴。雖然只是去酒館喝酒而已。」

不，我起碼還知道慶功宴是什麼意思。

冒險者們完成花了好幾天的委託後，會直接移動到酒館，邊喝酒邊誇讚彼此的奮鬥表現，並慶祝自身能夠活著回來。

我總是不參加這類活動，而是回到旅社進行祈禱然後睡覺。

他們應該也知道這件事，我會拒絕。

我必須回去，透過聖物向洛琪希報告自己今天也很努力的事情。

至今為止我一直這樣做，而且從今以後也打算繼續。

「噢……那，我要參加。」

然而，不知為何我卻點頭答應。

「……真難得。」

明明是莎拉自己開口邀請，她卻露出意外的表情。

說不定她原本打算只要我拒絕，又要說什麼挖苦的發言。

「不行嗎？」

「沒什麼不行，走吧。」

然而，莎拉沒有故意擺出不高興的樣子，而是以一般的表情搖了搖頭，從我身邊經過，先走向前方。

密米爾和帕特里斯都拍了拍我的肩膀，然後跟了上去。

蘇珊娜和提摩西露出似乎比平常高興的表情，推著我前進。

來到距離冒險者公會不遠也不近的酒館後，我們紛紛舉杯。

「那麼，乾杯吧！」

「乾杯！」

這裡似乎不是他們平常使用的酒館。

之所以選擇這種地方作為慶祝地點，大概是因為不想和「Stepped Leader」那幫人碰頭吧。

他們在離開公會之後，想來也會舉辦慶功宴。

「你不喝嗎？」

「……因為我還沒成年。」

「那什麼理由，跟年齡沒關係吧。」

所有人都在喝酒，只有我在喝加了果汁的水。

想在這附近的酒館裡喝到不含酒精的飲料，大概只有這玩意兒跟山羊奶了。

「有什麼關係呢。就算不喝酒，也可以熱鬧起來啊。」

錯了，並不是所有人，提摩西也喝著和我一樣的飲料。

「你只是不會喝酒吧。」

「不會喝酒跟不喝酒是兩回事喔。」

「哈哈哈！」

看到提摩西尷尬地搔著腦袋，密米爾很愉快地笑了。

「真是的……」

看樣子提摩西不會喝酒，而這種對話似乎是「Counter Arrow」的固定橋段。話說回來，不會喝酒的人很少見。在這世界裡，而且還是冒險者的人卻無法接受酒精……說不定這是我第一次碰到這種案例。

「不管怎麼樣，面對那麼大量的魔物卻沒死，我們算是很幸運。一般來說要是碰上那種狀況，起碼會死一個人吧。」

「魯迪烏斯運氣很好呢。」

莎拉沒好氣地說道。

「是運氣嗎？我倒覺得是被大家救了。」

「這也可以算在裡面。因為如果是一般的隊伍，那是會見死不救的場面。」

這是在暗示我要感謝他們嗎？

也對，是這樣吧，肯定是。

「我很感謝。」

「也沒什麼……你不要謝我，去謝謝提摩西和蘇珊娜他們吧。」

我對著莎拉低頭道謝後，她嘟起嘴巴，拿起杯子喝了一口。

然而被她點名的蘇珊娜卻帶著賊笑，用手肘頂了頂莎拉。

「講這種話，但是第一個衝出去的人不就是莎拉妳嗎？明明密米爾有說已經沒救了，妳卻說還來得及……哎呀，那時候真是熱血啊。」

「等一下，蘇珊娜，妳別這樣！」

莎拉用手掌去推開蘇珊娜，蘇珊娜則笑著閃躲。

「因為之前也有受你照顧，我只是想還一下債而已！我啊，不喜歡積欠人情！」

被莎拉惡狠狠一瞪，我只好把視線轉開。

結果，剛好和前方的密米爾眼神相對。

「啊……不，我也很感謝你喔。嗯，並不是有什麼不滿所以想見死不救……你懂吧？」

「我懂。」

密米爾的判斷很正確。

而且順便再說一下，雖然他嘴上那樣說，不過還是有挺身而出，以前衛的身分戰鬥。

光是這樣已經足夠。

「總之，不管怎麼樣，大家都有活著回來，還賺了一大筆錢。算是一次好委託吧！」

蘇珊娜做出這種結論，所有人也都笑了。

「要是沒有那些傢伙，真的是一次好委託呢。唉……」

「那些人到底是怎樣？只不過是公會裡最強的隊伍就得意忘形。」

「真想叫他們一直窩在迷宮裡就好。什麼叫作：『要是沒有我們，現在這城鎮也有可能正受到大量雪龍獸的攻擊』？萬一真的演變成那種事態，國家會派出軍隊處理，根本與他們無關吧。」

「以我來說，最不能原諒那傢伙突然動手打了提摩西的行動。居然什麼都沒弄清楚就直接毆打魔術師，那樣也算是隊長嗎？」

大家七嘴八舌地抱怨著。

在這種場合像這樣講講壞話，應該也是一種重要的發洩行為吧。提摩西好不容易才讓這次的事情和平收尾，要是大家把怨氣累積在心中，以後因為一點意外小事而起了衝突那可不好。

不過呢，基本上我實在提不起勁加入他們。因為自己並不太喜歡這種在背後說人壞話的行為，況且我本身在前世是個人渣。

我想那個劍士也有辛苦之處。

討人厭的傢伙或是沒用的傢伙都會以自己的方式努力。

正因為如此，和他同隊伍的其他成員才會只是苦笑，依舊聽從他的命令。

佐爾達特當時的對應確實有問題，然而我不喜歡只因為第一次見面的印象很差，就以這種全盤否定的語氣來談論別人。

「……」

不過，現在講出自己的想法也不好。

要是這時講出這些話，我會被在場的其他人排擠吧。

雖然有話想說，但是不會實際講出口。目前這場合，這樣是最恰當的舉動。

我一邊思考一邊埋頭吃東西，不發一語地吃著。

這是不知道用什麼豆子燉煮而成的料理。有點偏鹹的味道可以促進食慾，也能填飽肚子。

「……不管怎麼樣，以後也要麻煩你了，魯迪烏斯。」

「嗯，說來說去我們都很仰仗你。」

「是，我才要請大家多關照。」

他們喝了酒，每個人都臉色泛紅，看起來心情很好。

希望快樂的時間就這樣繼續下去。那樣一來，我從明天起又可以過著同樣的生活。

雖然是一種感覺不太到進展的生活，然而即使如此，自己依舊活著。

「啊……」

當我這樣想的時候。

酒館的大門打開，進來三名男子。

我對三個人都有印象。特別是其中一個，幾乎已經到了在這幾天就把他深深記住的地步。

「哦？」

當我注意到他們時，對方也同時發現我們。

那傢伙以不爽的表情靠向這邊。看那整個泛紅的臉孔，還有搖搖晃晃的腳步，他大概已經在其他店裡喝過一輪了吧。

「喲～」

喝得爛醉的那傢伙把手用力放到我們使用的桌上。

他正是佐爾達特・黑克勒。

「……你要幹嘛？」

蘇珊娜等人似乎到這時才注意到他的存在，心情急轉直下。

這也是理所當然的反應，畢竟先前才在背後痛罵的傢伙突然跑來糾纏。

「在洞窟裡，我啊，也很激動。所以咧，想說再來講一次。」

佐爾達特用呆滯的視線瞪著我們，聲調也顯得特別高。

「在那裡啊，嗯，是我，有錯。我不知道，會變成那種狀況。」

然而讓人意外的是，佐爾達特嘴裡講出的發言卻是在道歉。

「Counter Arrow」的眾人以預測落空的表情看向彼此。對於這樣的他們，佐爾達特皺起眉頭，講了句：「但是啊」之後，伸手指向提摩西。

「我討厭你這傢伙的嘴臉，總是一副嘻皮笑臉的樣子。該挺身戰鬥的時候卻閉著嘴被打，也沒有抱怨，反而唯唯諾諾就退下的傢伙，我真的很討厭。就算那是為了平息現場爭執才做出

的行為也一樣，身為男人，總有非戰不可的……時候！」

「噢……嗯，是啊，蘇珊娜也經常這樣說我……我會多注意。」

「沒錯！只要你懂了就好！懂了就好！」

佐爾達特用力拍了拍提摩西的肩膀，提摩西一邊苦笑，一邊搔著腦袋。

蘇珊娜他們似乎也很錯愕地看著佐爾達特。

所謂的目瞪口呆就指這種情況吧。

佐爾達特滿意地點點頭，然後突然轉向我。

「泥沼。」

「是？」

聽到自己的名字，我抬起頭。

自己有做了什麼嗎？

「提摩西可以算了……但你這傢伙爛透了。」

從這句話開始，接下來是一連串的痛罵。

「你這傢伙是怎樣，總是在意別人的眼光。」

「你那笑容看起來就噁心。或許你覺得自己在笑，其實根本沒有！你的眼神啊，是瞧不起別人的眼神！」

「我說你這傢伙，該不會覺得自己是世界上最不幸的人吧？你說啊？」

不知不覺之間，他的怒罵聲響遍整個酒館。

「吵架了？」

「打啊打啊！」

「囉唆什麼！」

佐爾達特大吼一聲讓周圍起鬨的人都閉上嘴。

「聽好了，泥沼，你這傢伙啊……」

「喂，佐爾，你也夠了吧。」

當佐爾達特對著我探出身子打算繼續說些什麼的時候，在後面旁觀的同伴伸手抓住他的肩膀。

「吵死了！這傢伙啊，老是擺出一副世界上我最不幸的臉孔！我是不知道他發生過什麼事，但是太消極了！這傢伙是在逃避著什麼！明明在逃避，卻擺出自己能獨立自主，自己很特別的態度來當傭兵！我最討厭看到這種死小鬼！」

這些話深深刺中我的內心。

不知不覺之間雙腳開始顫抖，手也在膝蓋上握緊拳頭。

明明身體和喉嚨都在發抖，說出口的聲音卻意外正常。

「對不起，我很礙眼呢。以後會小心一點，盡量不在你面前出現。」

聽到這句話，佐爾達特敲碎了桌子。

木頭碎片和料理都四處飛濺，紅色的豆子湯噴到我的膝蓋上。

「說什麼鬼話！那態度是怎樣！瞧不起人！開什麼玩笑！整天只會推銷名聲，擺出一副不要錢的樣子，到底有什麼樂趣！我們為了活下去，明明需要錢吧！」

我以沉默對應佐爾達特的吼叫，我只能沉默。

對於這種傢伙，講什麼都是白費力氣。

「對不起，這傢伙喝多了……喂，佐爾！」

「囉唆！放開我！喂，放馬過來啊，泥沼！你應該很不爽吧！應該很火大吧！快點放馬過來啊！如果只會在泥巴裡咿咿哭叫的豬頭有勇氣跟別人幹架，就給我放馬過來啊！」

我低下頭，等待暴風雨過去。

就算跟對方爭吵也沒有意義，回應佐爾達特的挑釁並不會讓我得到任何東西。

和醉漢相對不會有什麼好事。

所以要忍耐，這個時候只能忍耐。

「佐爾！你也差不多一點！說得太過分了！」

「放開我！可惡！喂，泥沼！你這傢伙活著有趣嗎？要是不有趣，快點去死啊！看了就礙眼！混帳！」

我沒有和被拖走的佐爾達特對上眼，只是一邊盯著膝蓋上被豆子湯染濕的部分，同時握緊左邊口袋裡的聖物，清空內心。讓自己什麼都不去想。

直到佐爾達特離開，坐在旁邊的莎拉幫我擦掉膝蓋上的湯水為止，都一直保持這狀態。

「那傢伙真是差勁透了。」

對於莎拉的發言，我緩緩點頭回應。

★莎拉觀點★

我帶著滿心憤怒回到房間。

把弓箭放到桌上，脫下上衣隨手一丟，然後倒到床上。

「差勁透了。」

我知道因為對那個佐爾達特的怒氣，自己現在滿臉通紅。

什麼叫作身為男人總有非戰不可的時候？

連提摩西平常到底為了我們多努力「奮戰」都不知道，就擅自批評。

蘇珊娜以前有說過，提摩西那張笑臉是他的戰鬥方式。

結果那傢伙卻那樣侮辱提摩西，真是不可原諒。

如果男人真的有非戰不可的時候，身為隊長應該有迴避非必要的爭執，保護隊伍的義務。

結果佐爾達特卻完全沒有去履行那種義務。

要是當時他們和我們吵起來，他打算怎麼做？

是不是覺得以我們的程度，他們能夠把我們全部殺掉滅口呢？在那種魔物的巢穴裡，連退路都沒堵死就能辦到？

如果真是那樣，他實在太傲慢了。

不配當隊長的人不是提摩西，而是佐爾達特本身。

而且，為什麼還找碴找到魯迪烏斯身上去？

魯迪烏斯正是在非戰不可的時候挺身而戰的人。為了讓我們逃走，他很勇敢地打算獨自面對敵人。

明明那傢伙不知道這件事，也什麼都沒有看見，為什麼要講那種話？

的確，魯迪烏斯的態度不太好。和提摩西不同，他過度陪笑。我有時候也會覺得火大。正確說法是，因為他總是毫無意義地裝出笑容，所以我一看到就有氣。

可是……

「……」

這時，我發現自己滿心想要幫魯迪烏斯辯護的想法。

我為什麼要幫那種傢伙辯護，自己不是討厭他嗎？

難道我其實並不討厭魯迪烏斯？

「不對不對……！」

不是那樣，怎麼可能是那樣。

換句話說……是因為佐爾達特比魯迪烏斯更討人厭。

沒錯，肯定是那樣。只是因為和佐爾達特相比，魯迪烏斯還比較好。

至少魯迪烏斯不會對我們惡言相向，而且對提摩西他們也抱有敬意。即使擁有那麼強大的魔術能力，對於我們的邀請也從來不會表現出厭惡表情，不但願意跟來，有必要時甚至願意殿後。

「……所以啊，就說不是那樣。」

魯迪烏斯是貴族小孩。

儘管他身上找不太到像貴族的部分，不過擁有貴族血統才是問題的重點。

我討厭自以為是冒險者的貴族少爺，也討厭貴族本身。

我的故鄉是因為貴族的懈怠才會滅亡。在森林裡湧出魔物時，那些貴族直到最後都不願意派出騎士團。

父母也都是因此而死。

應該有義務保護領地的貴族卻沒有出面保護領地。

直到現在，我還無法忘記那時的絕望感。

嗯，對，沒錯。

所以我討厭貴族，也討厭有貴族血統的魯迪烏斯。

「……但是，魯迪烏斯有為我們而戰。」

不管是拉斯塔熊那次，還是這次的雪龍獸，他都為我們戰鬥。

沒有一個人逃走。

他沒有任何義務，也不是「Counter Arrow」的成員。

明明是這樣，他卻自己挺身成為屏障，想讓我們逃走。

而我看到這樣的魯迪烏斯，心想怎麼能讓他死掉而衝了出去。

我並不是希望魯迪烏斯死掉。真的不是，我說不是就不是。

但是……衝出去的行動卻連自己都感意外。

我一直認為他是在那種情況下被捨棄也很正常的存在。

「……真的爛透了。」

最近只要看到他，我就覺得自己的立足點似乎逐漸崩塌。

明明討厭貴族，卻無法那麼討厭他本身，讓我覺得很煩悶。

也變得無法確定自己到底喜歡什麼討厭什麼，真不懂這是怎麼回事。

嗯，不過對了，就是這樣。

承認吧。

我並不討厭魯迪烏斯。

因為雖然魯迪烏斯是貴族小孩，但他本身並不是貴族那種東西，所以我不討厭他。

但是，頂多也只是不討厭而已。

絕對不是喜歡。

對，不討厭和喜歡是兩回事。

「我並不喜歡魯迪烏斯。」

我一邊再度確認，同時又進入了夢鄉。

第四話「深夜裡的森林」

那件事之後，又過了好幾個月。

我不記得正確時間是幾天，總之冬天到了。

北方大地的冬季很嚴苛。下的雪多到讓人不覺得只是從阿斯拉王國稍微往北移動了一點距離，世界被一整片純白覆蓋。

在世界被白雪掩蓋的期間，城鎮也會遭到封鎖。

所有來自鄰國的物品全都停止進口，也無法吃到蔬菜。能吃到的東西只有在入冬前先大量採收的豆子，還有醃菜等發酵食品，以及冒險者獵得的魔物肉。

聽說這一帶的作風，是靠著特別烈的酒把這些可以說是有點粗劣又沒啥味道的食物給囫圇吞下肚。

由於我不喝酒，因此經常被人以憐憫的眼光看待，但這種事根本無關緊要。畢竟我最近吃什麼都沒有味道。

即使進入冬季，我的生活還是沒變。

進行肌力訓練，祈禱，吃飯，處理冒險者的工作。

就是這樣的每一天。

不過，我來到這城鎮差不多過了半年，感覺能做的事情似乎變少了。

先不管是好是壞，「泥沼的魯迪烏斯」的知名度也已經提昇。

我想至少在這個羅森堡的冒險者中，沒有人不認識我。遇上年輕的冒險者，我會積極主動地表示可以提供協助；從老手那邊獲得的評價也很好。對於那些待在羅森堡的冒險者隊伍，我有請願意協助的人們在前往比較遙遠的村落時，幫忙打探關於塞妮絲的消息。至於在冬天來臨前啟程離開這裡的隊伍，也說會幫忙宣傳我的事情。

或許是腳踏實地的努力有了成果，和冒險者相關的一些商人也記住了我的存在。

例如武器店、防具店、道具店。

另外，我和那種專門經手魔道具的店也搭上了關係。

要是他們遇上什麼困擾就出手幫忙，然後請這些商人幫忙宣傳情報作為報酬，就是這樣的形式。雖然我也不確定能有多少效果，不過商人有商人的脈絡關係，要是能靠這種門路把消息傳到塞妮絲那邊就好……

算了，我已經做出這麼多活動卻還是杳無音訊，她大概不在這附近一帶吧。或者是塞妮絲早就已經……不，去想這種事情也無濟於事，還是算了。

「呼……」

我嘆著氣穿上防寒衣物，然後離開旅社。目的地是冒險者公會。

外面很冷。今天的雪是零星落下的程度，風也沒有那麼強。用雪刺蝟毛皮製成的防寒衣物雖然暖和，但吹在臉上的風冷到雙頰發疼，吐出的氣息也化為一片白煙，甚至讓人覺得似乎連嘴裡的口水都會結冰。

雖說和晚上以及凌晨等時段相比是比較好，不過還是很冷。

我一邊發抖，一邊在積雪的道路上往前進。

（到了春天，還是移動到下個城鎮會比較好吧。）

儘管心裡有這種想法，卻實在提不起勁。

冬天的冒險者公會裡有很多人。

因為在周圍遭到冰雪完全覆蓋的這個時期，很少會有隊伍願意花上好幾天出外遠征。大家不是處理城鎮內的工作，就是優先進行能當天往返的委託。或者是以必須住宿作為前提，前往一兩天路程可到的村落。

那樣一來，懶懶散散地賴在公會裡，等待想要委託出現的隊伍自然會變多。

當然即使演變成這種狀況，我的工作還是沒有改變。

遇到猶豫的傢伙就主動搭話，或是有人找我時就跟著對方去進行委託。

能無詠唱使出四系統攻擊魔術的我非常方便好用，基本上會受到歡迎。對於並不是只想被當成方便道具，而是想把重點放在讓他人認識並幫忙宣傳的我來說，或許這並不是個好現象，然而我卻想不出接下來該做什麼才好。

總之我今天也和平常一樣，坐在告示板附近的椅子上。

總覺得在不知不覺之間，這椅子似乎已經被當成了我的固定位置。在我因為委託而外出時，會有哪個人坐在這裡嗎……

「……嘖！」

我望著貼有委託的告示板，等待其他冒險者出現時，突然聽見咂嘴聲。

感到內心深處下沉的我回頭望向聲音來處，於是看見正朝著告示板過來的「Stepped Leader」一行人。

咂嘴的人當然是佐爾達特。

自從在酒館發生那件事之後，佐爾達特似乎很討厭我，每次見面不是咂嘴，就是送上一些酸話。雖然我也有盡量想避開他，然而他們在冬季似乎不會前往迷宮探索，最近碰頭的機會多了起來。

「又在等人分你剩飯嗎？」

「……因為我有目的。」

「什麼目的……你啊，做的事情根本是半吊子。」

佐爾達特以不愉快的態度這樣回應，接著前往告示板前方。

我也知道自己是半吊子。雖然不清楚到底該針對什麼地方如何修正，但不是所有人都能達到完美。我現在正盡全力去做自己該做的事情。

他到底對這種事情有什麼不滿？真希望無關的傢伙可以閉嘴。

佐爾達特他們很快選好委託，辦完手續，離開冒險者公會。

不知道他是不願意和我待在一個空間裡，還是想要忙碌工作，總之不會在冒險者公會裡久留。

看到我來到公會，他就會去看告示板，很快接了委託然後離開。

通常會到傍晚或隔天才回來，要是在那時碰到我，又會講些冷嘲熱諷。

他並沒有對我做什麼霸凌行為，我想佐爾達特那邊也有盡可能避免和我打交道。

只不過就算是我，每次見面都要承受差勁爛透了半吊子等批評，果然還是會覺得很累。說不定他的目的就是要讓我不想待在冒險者公會裡。

偶爾碰上「Counter Arrow」也在場時，他們會出面幫忙，但今天似乎不在。

回想起來，我已經差不多兩天沒見到他們了。

因為在城鎮內也沒看到人，是不是去了哪個村落承接長期委託呢？

總覺得有點寂寞。

那一天沒有比較像樣的委託。

我才剛來到冒險者公會沒多久，雪就變大了。

由於在猛烈風雪中去賺點小錢並不合算，所以手頭還算寬裕的隊伍會休假，至於實在缺錢的傢伙似乎有很多人會以個人身分去承接不限等級的委託。

所謂不限等級的委託，就是剷雪和屋頂除雪等工作。

雖然我認為在這種猛烈的風雪中，就算有剷雪也只是杯水車薪，不過大概比什麼都不做來得好吧。

一旦沒有委託，我也很閒。

然而總覺得在這種沉悶的氣氛中，要是只呆坐在冒險者公會裡，好像也有哪裡不太對。

基於以上原因，我決定要去承接一個不限等級的委託。

雖然這種行動和佐爾達特說的「半吊子」還有自己認為的「其他更多事情」果然還是不同，然而我肯定是被一種認為自己無論如何都該做點事的心情所推動。

「道路除雪、屋頂除雪、領主宅邸的庭院除雪、城牆除雪」。

看了告示板後，我發現清一色都是和雪有關的委託，只有委託者不同。

在寒冷的屋外努力把雪移開，搬往不會造成妨礙的地方。只是稍微想像就讓人感到氣餒，不過光是有錢可賺，是不是就該認為已經很好了……不，我還是覺得能獲得的報酬和付出的勞力似乎不成比例……

雖然我有這種感覺，不過最後還是試著承接其中一項委託。

「真難得，泥沼先生居然會承接這類委託。」

「也是……算是轉換心情吧。」

「轉換心情嗎……是啊，我覺得這樣很好！」

櫃台大姊姊似乎有點開心地笑了，並幫我處理好申請。

基於委託而前往的地點，是個類似堆雪場的地方。

雖然城鎮中的積雪都會被運來這裡，卻不是特別寬廣。只有在一座公園大小的廣場中央設置了類似大型爐灶的東西。

我在那裡找到一名看起來像是負責人的男子，把委託單遞給他看。

「我叫作魯迪烏斯．格雷拉特，請多指教。」

「你就是那個有名的泥沼嗎？」

「我不知道自己是否有名……」

「那，趕快動手吧。」

就算叫我動手也不知道該做什麼。

「那個……可以請教工作內容嗎？」

「噢，你是第一次承接這種工作嗎……內容很簡單。會有積雪被運來這裡，所以你要用那邊的鏟子把運來的雪塞進裡面，總而言之就是整理積雪。我們已經開出一條通往魔道具的通路，你可別把通路塞住了。然後等雪累積到一定程度，就配合信號讓那邊的魔道具開始運作。只有這樣。即使魔力耗盡，雪也會繼續運來，所以你不能直接回去，至少要做整理工作。」

「我明白了。」

雖然還是不太了解這到底是怎麼樣的工作，不過基本上我已經知道自己該做什麼。

既然明白該做什麼，那麼不要去思考意義，只要做就對了。

「……」

我從其他人手中接過鏟子，開始按照指示，把隨便丟進廣場裡的積雪重新搬運到裡面去。

本來覺得一開始就讓那些搬雪來的人把雪送進廣場裡面不就得了……不過仔細想想，魔道具位於廣場中央，那樣做的話，魔道具有可能會被弄壞或是遭到掩埋。所以還是讓了解狀況的其他人來分工合作會比較好吧。

我一邊胡思亂想，一邊動著鏟子。

也和其他一起工作的冒險者閒聊幾句，同時把雪舉高，放到差不多和自己一樣高的堆雪用架子上。

堆雪用的架子上還有其他人正在整理。

最後製造出大概有我身高三倍的雪牆。

雖然雪很重，但是我有經過鍛鍊的右手（浩克）與左手（赫拉克勒斯）。

突然獲得的美味乳酸讓它們發出了歡呼聲。

腰部用力，雙腳踩穩，然後揮動手臂後，肌肉們就會幫忙把雪舉高，像是在表示可以把這件事包在它們身上。浩克自以為是地大喊：「很不錯的負荷，要以這種狀況繼續下去」並鼓起肘肌；赫拉克勒斯則不以為然地動了動上臂的二頭肌。兩人的上臂三頭肌都已經脹大到極限。

「我說你，以魔術師來說算是挺有力氣呢。」

「因為魔術師也需要力量，所以我有在鍛鍊。」

「魔術師不需要力量吧……」

我感到體溫上升，上半身冒出汗水。

能運動到平常不用的肌肉果然很好，光看這點，承接這個委託或許是個正確決定。

說不定對自己來說，這種工作其實也還不錯。

「好，泥沼，你差不多該過去魔道具那邊了。我會發出信號。」

「是。」

聽到負責人的指示，我歸還鏟子，往魔道具的方向移動。

不過呢，魔道具已經被圍在雪牆中心。由於必須繞向廣場入口那邊，所以我先朝著入口前進，才能前往雪牆內側留下的通道。

雖然用魔術融化合適的地方直接穿過也行，不過俗話說入境隨俗，還是聽話照辦就好。

「……也有很多小孩呢。」

廣場的入口附近，持續有積雪被送了過來。

負責搬雪的人大部分是冒險者、城鎮居民，以及士兵，不過也夾雜著不少小孩。因為若說只是要搬雪而已，小孩子也能辦到。

至於搬運方法，有人採用裝在木桶裡搬運這種最標準的做法，有人使用類似背架的東西，也有人用載貨馬車搬運，還有人放在木箱裡面，可說是形形色色。

每一個人都面無表情，看起來似乎不太開心……這也是理所當然。

不管對誰來說，除雪都不是有趣的事情。

不過，只有小孩子看起來有點精神。不知道是因為覺得搬雪好玩，還是因為搬得越多零用錢也會越多這樣的現實理由。可以看到少年少女們漲紅著臉搬運裝滿雪的木桶，不知道從哪裡來回往返了好幾趟。

既然雪下得這麼大，或許是城鎮裡的居民也無事可做，來搬雪的人數非常多。

「……」

看著看著，有個踩著細碎步伐搬雪的少女跌倒了。

被雪絆倒應該不會痛才對，但是那個少女卻似乎很痛地按著腳，還一臉快哭出來的表情。

我沒來由地靠近那個小孩，蹲下來對她說話：

「妳怎麼了？」

「！沒……沒什麼……」

少女像是很害怕地按住自己的腳，雖然想立刻起身，卻表情痛苦無法站穩。

「請讓我看看。」

我移開少女的手，幫她脫下鞋子。

結果她的腳又紅又腫，腳趾卻已經發黑，還到處長著水泡。

這是凍傷吧，光看都讓人覺得痛。

「……神聖之力是香醇之糧，賜予失去氣力之人再次站起來的力量吧。『Healing』。」

「啊！」

我把手放在她腳上並使用治癒魔術，於是凍傷瞬間復原。

這個世界的治癒魔術真的很便利。

把另一隻腳也治好後，這孩子以絕望的表情看向我。為什麼她會露出這種表情？明明我幫她治好了啊……

「……我是不是多管閒事了？」

「那……那個……我……我沒有錢……沒……沒辦法付任何費用……」

「噢。」

我好像有在哪裡聽說過有那樣的黑心業者。

據說那些傢伙會主動去找生病或受傷的人，擅自治療後強行要求對方付錢。

他們尤其喜歡找孤兒下手。一旦對方無法付錢，就把孤兒當成奴隸賣掉。

「放心，我什麼都不要。」

語畢，我站了起來。

要是對小孩子做出那種卑鄙惡毒的行為，我哪有臉去見瑞傑路德。

「喂！泥沼，你在做什麼！」

才剛起身，就聽到負責人對著這邊怒吼。

廣場已經被雪堆滿。

被恐怕有我身高三倍的堆雪用架子圍得嚴嚴實實。雖然我來的時候，廣場已經有一半被雪埋住，不過還是很快。

「我現在過去。」

我立刻跑向魔道具那邊，到達指定的位置。

「好，泥沼，動手吧。」

「是。」

按照指示，我伸手觸碰魔道具，開始注入魔力。

因為我不習慣使用魔道具，所以不知道該灌注多少魔力。不過關於這部分，想來負責人會做出指示，我只要持續注入魔力到他叫我停手為止就行了。

「……」

我一邊灌注魔力並確認魔道具已經開始運作，同時觀察四周。

「喔喔……」

於是，可以看到從靠近魔道具的地方開始，積雪正在逐漸融化。

不消多久，魔道具附近的積雪就融化成水，然後被吸進地面。

看樣子地面也是用魔道具製作而成，外觀看起來像是磚塊的地板上刻有幾何式的圖案。也有可能整個廣場都是同一組魔道具。

繼續灌注魔力的我看著積雪融化的光景。

就像是把自然解凍的影片快轉播放的這種景象深深吸引我的目光。積雪融化，露出越來越多橘色地面，會讓人覺得彷彿看到春天造訪此地。

當然，天空依舊呈現混濁的灰色，雪也下個不停，春天還很遙遠。

看了一陣子之後，廣場上的積雪全部融化，也能看清聚集在廣場周圍的人們。

「喔喔喔～」

之後，周圍發生一陣騷動，同時傳出鼓掌聲。

這是怎麼了？我也把手從魔道具上抽回，跟著其他人一起拍手。

「哎呀，了不起。這就是A級魔術師的魔力嗎……」

先前那個負責人以有些感動的表情靠了過來。

「那個……可以不必繼續了嗎？」

「嗯，已經十分足夠了。」

「但是我的魔力還沒耗盡……」

橘色的磚塊立刻被持續落下的飄雪染成白色。再這樣下去，很快又會積起一層雪吧。

「不，沒關係。委託結束，辛苦你了。如果你有空的時候能再過來，會幫上很大的忙。」

負責人這樣說完，就在委託完成的欄位簽上名字。

實在非常乾脆。

「那個……我不用繼續搬雪也沒關係嗎？」

「你已經幫忙融掉那麼多雪，所以不用了。老實說，我原本以為連三分之一都無法融化……實在沒辦法追加支付更多酬勞。」

是嗎，因為我讓那些雪全都融化，所以我負責的部分已經結束了嗎？

原來如此。明明只要不說就可以讓我做白工，這個負責人真是個好人。

不過，這下我無事可做。

也不是特別想除雪，但總有種不完全燃燒的感覺。

做白工也沒關係，要不要再去借鏟子……不，難得有空，乾脆回冒險者公會，承接別的除雪委託或許也不錯。

不對，所以說別再除雪了。可以做點別的事情，例如肌力訓練……

「魔術師大哥哥！」

我一邊思考並打算離開廣場，這時有個小孩叫住我。雖然是個女孩，不過並不是先前我用治癒魔術幫過的那孩子。

「請問你叫什麼名字？」

「……在下叫魯迪烏斯．格雷拉特。」

雖然搞不清楚狀況，總之姑且老實回答。畢竟我不討厭小孩。

「！」

剛聽完我的名字，那小孩立刻跑了出去，什麼話也沒說。

居然聽完別人名字就跑掉，這到底是怎麼回事？真是個沒禮貌的孩子。

我原本這樣想，卻發現她跑往的方向聚集了一群身高差不多的小孩，來問我名字的女孩也加入他們，好像正在討論什麼事情。竊竊私語的聲音傳到我這邊。

我的名字有需要那樣討論的價值嗎？

看了一陣子之後，他們對著彼此點頭，然後走進小巷子裡。

「……」

這時，我發現自己用治癒魔術幫過的少女也在那群孩子裡面。

她看向我這邊，低頭行了一禮之後轉身跑走。

「唔。」

到底是怎麼一回事？雖然我一頭霧水，但是並不會感到不快。

遇到有人壓低聲音講自己的閒話通常會讓我心情變差，不過這次沒有那種感覺。

那麼，我想他們一定不是在說我的壞話。

能讓那樣的孩子們都記住我的名字，說不定會發生什麼好事。

算了，即使沒有任何助益，偶爾遇上這種事情倒也不錯。

如此一想，就讓我稍微產生最近罕有的好心情。

那麼，回冒險者公會去吧。

★ ★ ★

在午後的冒險者公會裡，我看到了熟悉的面孔。

是蘇珊娜、提摩西，還有帕特里斯這三人。

「Counter Arrow」全員……並沒有到齊，不過既然他們這時間出現在公會裡，不是剛完成委託回來，就是原本就待在城鎮裡，只是不巧都跟我錯過。

平常都是他們會先向我搭話，偶爾由我主動一下吧。

因為我今天的心情算是有一點點好。

「午安。」

「噢，是魯迪烏斯啊。」

咦？他們好像沒什麼精神。

不光是蘇珊娜，提摩西和帕特里斯也一樣。

「……出了什麼事嗎？」

「嗯……是密米爾和莎拉他們……」

雖然沒看到另外兩人，不過同個隊伍並不代表整天都會一起行動。

所以我剛剛沒當一回事，但……

是不是發生什麼事情？

「他們兩個結婚了嗎？」

「……原來你也會開這種玩笑。」

「……對不起。」

提摩西的臉上看不到平常的笑容，甚至顯得很陰鬱，還對我的發言表現出不愉快的反應。

難道真的出事了？

「呃……方便問一下詳情嗎？」

「……」

提摩西保持沉默。

換成蘇珊娜抬起頭。

「死了。」

我難得的不錯心情一口氣盪到谷底。

「…………噢，是這樣啊……」

聽到他們死了，自己很乾脆地接受這個消息。

因為這並不是第一次。

對於冒險者來說，死亡近在咫尺。我之前也聽說過「Counter Arrow」以外，另一支和自己交情還算不錯的隊伍全滅了的事情。

只是，果然還是會感到沮喪，畢竟接受事實和感到沮喪是兩回事。

我和他們兩人的關係並沒有特別好，也不是說彼此都很了解對方。儘管如此，得知曾經一起吃飯，曾經一起闖過生死關頭的人失去性命，依然會讓人不由自主地意氣消沉。

不過，這是無可奈何的事情。

冒險者總有一天會死。雖然有人早死有人晚死，但只要不退休，死亡的可能性就會如影隨形地跟著。冒險者就是這樣的職業。

「不，先不說密米爾，但莎拉還沒死。」

我光是聽說消息就已經接受他們已死的事實，然而提摩西似乎不是這樣。他不甘心地露出扭曲表情，繼續和蘇珊娜與帕特里斯爭辯。

「她只是和我們在戰鬥中走散了而已，並不是已經發現屍體。所以如果再找一下，說不定……」

「別說了。當時刮著那種風雪，又待在那種根本看不清楚的森林裡，還是認為她已經死了會比較好。」

「可是……」

「我不是叫你別說了嗎！要是繼續待在那裡進行搜索，連我們都會死！正是因為明白這一點，我們才會聽從你的指示！」

聽到蘇珊娜的怒吼，提摩西深深垂下頭。

看來他們是基於提摩西的指示而撤退，因此他似乎很後悔。

我總有種也不是無法理解的感覺。被迫要做出重要選擇時，人們會選出其中一邊。

雖然感到猶豫，還是會跟據當時的狀況，判斷出應該是這邊比較好，應該是這邊比較可行，然後做出選擇。

只是選擇之後，會感到後悔。

會看著現狀，後悔如果當初選擇另一邊，或許能得到更好的結果。

明明實際上如果選擇了另一邊，有可能會碰上更糟的結果。

不過呢，要是在選擇時曾經捨棄了什麼重要事物，就會讓人不由自主地產生一種想法，覺得即使會演變成更糟的結果，是不是依然該賭上一線希望會比較好。

「……提摩西，你不需要一個人承擔。是啦，我們當時是有反對過，但最後還是點頭同意然後回到這裡，所以和你同罪。」

「是啊，我們也一樣，所以你不要一個人這麼消沉。」

蘇珊娜和帕特里斯都開口安慰提摩西。

兩人應該很難受，想來也同樣抱著名為「還有可能」的一線希望，只是去找人的危險性和徒勞而終的可能性都實在太大，才會無法實際說出口。

因為他們還有未來，所以不得不去考慮要是這時基於一時衝動而跑去找人，卻運氣不好又折損一人，折損兩人，甚至隊伍全滅的結果。

「……」

思考到這邊，我突然回想起入冬前和他們一起前往遺跡時的事情。

話說起來，蘇珊娜有提過莎拉是第一個回頭幫我的人吧。

現在仔細回想，那次也是有可能全滅或是至少死一個人的高危險行動。

「順便問一下，她是在哪裡跟你們走散？」

「是在西邊……西邊的托里亞森林。因為刮著風雪所以視線很差，我們不知不覺之間就誤入森林。在想盡辦法脫身的那瞬間，卻遭到一群雪地水牛(Snow Buffalo)襲擊。」

「是這樣嗎，那可真是辛苦了。」

托里亞森林……我記得距離這裡有半天左右的路程吧。

「……」

「那麼，我告辭了。」

我這樣說完，轉身離開。

提摩西等人並沒有再說什麼，也沒有試圖挽留我。

我直直走出冒險者公會，前往旅社。

進入旅社後，我跑上樓梯，衝進自己的房間。

沒有脫下防寒衣物，只有立刻擦掉上面的水滴。

接著把放在角落的大型背包放到桌上，拿起房裡剩下的保存食品丟進去，然後揹起背包。

離開房間，走下樓梯，步出旅社。

前往的地方是城鎮出口，西側的出口。

我不明白自己為什麼想做這種事，而且總覺得肯定只會白跑一趟。

即使如此，我還是想去。

我想去確認那個總是在模仿蘇珊娜，想表現出豪爽舉動的少女是不是真的死了。

沒有明確的原因，沒錯，我也不知道為什麼。

雖然不知道為什麼，我還是在大到遮蔽視線的暴風雪中往前走。

「……這場風雪真是礙事。」

我抬起頭看向天空。

灰色的天空中布滿正在飛舞落下的片片雪花，於是我舉起魔杖朝向頭頂。

我要進行因為洛琪希吩咐過最好少做，所以自己有盡量不去做的某個行動。

也就是移動雲層，製造出龍捲風，然後把雲層整個吹散。

「好。」

在晴朗的天空下，我開始跨著大步前進。

★　★　★

當我到達托里亞森林時，周圍已經是一片黑暗。

眼前是夜裡的森林。因為之前動手操作天候，所以不需要在暴風雪中前進；不過這裡的樹木遮蓋住天空，只靠火把的亮度有點不夠。再加上腳下是厚厚積雪，每往前一步就會埋進深度及腰的雪中，比平常難走許多。

我在這種情況下，一步又一步地緩緩前進。

「嗚！」

有時候，身旁的樹木會落下大量積雪，試圖把我掩埋。

沒錯，不是差點被落雪意外掩埋，而是有什麼試圖用落雪把我掩埋。

我抬頭望向刻意引發落雪的魔物。

這玩意兒是落雪魔木。在夏季只是普通的魔木，但是到了冬天，會把雪囤積在枝葉上，然後正如名字所示，當旅人經過自己附近時，就會砸下大量積雪，限制住對方的行動，是這個地區特有的下級魔木。

雖然這種魔木只會把雪故意丟下來，不過有時候會有能使用冰魔術的傢伙夾雜於其中，到時掉下來的東西就不是雪而是冰塊，人類大概一擊就會被壓死。

那是上級魔木之一，叫作降冰魔木。目前還沒碰上，如果可以，我也不想碰上。

「『Burning Place』。」

我利用火魔術蒸發這些掉下來的積雪。

「『岩砲彈』。」

然後用岩砲彈破壞魔木。

這棵魔木的樹幹被我打出一個大洞，木片飛散，它也停止動作。

如果只是這種程度，並不會造成太大阻礙。講到阻礙，腳邊這些積雪才是嚴重的阻礙。

不但難以前進，有時候腳還會被卡在裡面。

碰上這種情況時，我都會使用火魔術來融化積雪，但是防寒用的雪刺蝟毛皮製大衣在吸水後會變得特別重，所以每次也都不得不使用風魔術來吹乾，實在無法維持移動速度。

或許今後也該事先進行在這種場所該如何前進的訓練會比較好。

「……」

我一邊思考，同時默默地奮力往前。

心裡有某部分覺得自己到底在做什麼。

反正我無法找到人。

因為在莎拉失蹤後，他們動用三個人立刻開始尋找，結果還是沒能找到，那麼為何會被沒有問清楚詳細地點就跑來的我找到呢？

明明只要大聲喊叫，讓對方得知自己的位置就好，結果我也沒有那樣做。雖然可以用會引來魔物作為藉口，但是卻會促使我想起佐爾達特批評的「半吊子」。

真的，我到底在做什麼？

像這種找法，終究只是在自我滿足。

不過既然是那樣，要怎麼做我才會感到滿足呢？

不用說，當然是要找到莎拉。當我用自己的做法來找到莎拉時，就能夠感到滿足。

至於到時候莎拉是死是活，其實都無所謂。

重點是自己付諸行動，並且獲得成果。

沒錯，重點是成果。我，現在，想要成果。

除此之外的事情都沒太大關係。我並非無論如何都想救出莎拉，也不是有意報答「Counter Arrow」眾人對自己的恩情。我只是想要成果。

或者，說不定我只是想做出「不要對別人見死不救」的選擇。

我被艾莉絲捨棄。

被捨棄之後，我衰頹不振到這種地步。所以，自己不想對別人做出那樣的行動。既然己所不欲，就勿施於人。

或許只是因為這樣。

我不懂，這不是我懂的事情。為什麼自己會在這裡，做著如此辛苦費力的事情？我完全不明白其中意義。

「有了。」

當思緒陷入迷宮時，我在視線前方發現一群魔物。

是雪地水牛的族群，可以看到擁有灰色毛皮的水牛在白色的雪地中彼此相依。如果刮著風雪，那身灰色會化為絕妙的迷彩，讓冒險者在沒有察覺的情況下遭受奇襲，不過現在已經放晴。即使目前是晚上，它們又躲在樹木陰影中導致很難看清，還是肯定沒錯。

雪地水牛會在森林中成群出沒。

一片森林裡只會有一個族群。

而且基本上，冬天時它們會待在一個地方很少移動，並在雪地裡生育後代。

要是被這樣的雪地水牛族群襲擊，大部分的案例都是因為冒險者自己闖進了雪地水牛的地盤。

換句話說，提摩西他們和莎拉走散的地方，很有可能就是這附近。

還有，莎拉的屍體也很有可能已經進了這些雪地水牛的肚子。

前世的水牛是草食性動物，但這裡的水牛是肉食性。

「……」

我把魔力灌注到雙手上。

或許沒辦法一口氣打倒所有敵人，不過要靠先制攻擊來盡可能減少數量。

「『土刺蝟（Earth Hedgehog）』。」

從我手中放出的魔術到達雪地水牛的腳邊。

接著，大量如手臂般粗的尖刺從牠們的腳邊瞬間往上冒出，讓十幾隻雪地水牛被同時貫穿，當場斃命。

「吼吼吼吼！」

突然受到攻擊的雪地水牛群大吃一驚，一邊警戒周遭一邊開始動了起來。

「『土槍（Earth Lancer）』。」

我使用土槍把剩下來的雪地水牛一隻隻殺掉，這行為幾乎是一種反覆流程。

雪地水牛為了找出敵人而亂成一團，等到發現我時已經死了大半。而且，發現我的那一隻也隨即跟著喪命。

到了只剩下幾隻時，牠們試圖逃跑。

然而為時已晚，我打從一開始就無意放過任何一隻。

「『土槍』。」

我繼續機械般地使出魔術，不消多久，現場已經看不到會動的物體。

如果牠們早點逃走，或許還能留下足以形成族群的數量。根據牠們突然受到攻擊卻不會立刻做出逃跑選擇的反應，這些傢伙果然不是野生動物而是魔物。戰鬥再戰鬥，直到明白無法打贏，才總算願意逃走。真是好戰又讓人害怕的習性。

「呼……」

考量到莎拉可能就在附近，我自認動手時有避免波及周遭，不過，這樣做是否有意義呢？

心裡抱著這種疑問的我開始往布滿水牛屍體的區域移動。

在幾乎讓人窒息的血腥味中，我走向被自己施放最初一擊的族群中心。

「……」

那裡有一座骨頭堆成的山。

這些骨頭來自被雪地水牛吃掉的獵物。幾乎都是四足類動物的骨頭，不過也夾雜著同樣是雪地水牛的骨頭，這些傢伙連自己的同類都吃。

我在這堆骨頭裡翻找。

這些傢伙似乎有把吃剩食物也留下來和骨頭放在一起的習性。目的是透過把自己吃剩食物放在這裡的行動，就能利用氣味引誘其他動物和魔物前來，然後再獵殺那些作為食物。瑞傑路

德也做過類似的事情，他可是在魔大陸上被視為Dead End並受到他人畏懼的男人，這些水牛居然擁有設下相同陷阱的智慧，實在可怕。

不管怎麼樣，既然雪地水牛有這種習性，那麼如果有今天白天才死掉的獵物，骨頭出現在這裡也不奇怪。實際上，我有零零星星地看到一些狀似人類頭骨的東西。

如此判斷的我繼續撥開骨頭，尋找目標。

所謂的目標是指莎拉的屍體，或是她身上的什麼東西。要是能找到，我應該會滿足吧。

「嗚！」

搬開一塊特別大的骨頭後，我忍不住叫出聲音。

因為我發現一個還帶肉的人頭，而且是認識的臉孔。

「密米爾……」

「Counter Arrow」的治癒術師。這顆頭約有一半已經被吃掉，尤其是臉頰部分被吃得完全不剩。靠著有特色的額頭以及只剩下一半的頭髮，總算還能判別。

「……嗚……咳。」

我感到呼吸困難。

提摩西他們的確有明說密米爾已死。只是因為後來話題轉到莎拉身上，所以自己把這件事給忘了。沒錯，他在這裡是很正常的狀況。

「……」

我和密米爾沒說過多少話。

還能回想起來的事情，大概只有我們從加爾高遺跡回來，前往酒館慶祝時，他曾經露出很尷尬的表情。

記得是因為他好像有想對我見死不救之類。

「…………」

我拿出原本摺起來收在背包裡的束口布袋，把那顆頭塞了進去。我想至少要幫忙帶回去。

接著強忍眼睛深處傳來的痛楚，咬緊牙關，繼續在骨頭堆中翻找。既然密米爾是這種狀態，說不定莎拉也……

「嗯？」

我在骨頭堆比較靠裡面的地方發現一個戒指。

而且不只這個戒指，還散落著好些似乎是屍體原本帶在身上的裝飾品，數量相當多。

我沒聽說過雪地水牛會收集發光物的情報。

算了，可以推論出這些應該是它們吃獵物時掉下來的東西……不過，這是不是代表以前都沒有人翻找過骨頭堆深處？

「啊……」

在這些裝飾品中，我找到一個東西。

是一個有著羽毛外型，自己曾經見過的裝飾品。

「……」

也就是莎拉戴著的耳飾。

「嗚…………唉……」

我嘆了一口氣，放鬆全身力氣。

到頭來，莎拉果然還是死了。

和提摩西他們走散，被雪地水牛持續追殺，最後耗盡力氣成了食物。雖然在暴風雪中抱著絕望拚命想活下去，卻力不從心……

「……」

無奈的心情來回竄過我的全身。的確，自己和莎拉的關係並不是那麼要好。其實她是一個只要見到我，就會酸個幾句或罵個幾聲的對象。

但是最近的莎拉和佐爾達特不同，並非那麼尖銳又帶有敵意，我也不會感到那麼不愉快。對我來說，被她挑三揀四並不是那麼痛苦的事情。

或許是因為她的發言並非出自本心。

也有可能是因為她並非真的討厭我。

自己和她之間，一定有機會可以培養出良好交情。

「嗚……」

我咬住嘴唇。

克制著快要奪眶而出的淚水，然後站了起來。

即使這不是想要的結果，不過目的已經達成，自己也得以滿足。

接下來要做的事情只有收拾此處的殘局，以及回到城鎮。

「……呼。」

我一邊激勵提不起力氣的身體，同時把雪地水牛的屍體聚集起來。靠我的臂力連拖動這些屍體都有困難，所以是使用土魔術來一隻隻分別搬運。

搬到骨頭山旁邊堆積起來。

原本若是有魔物聞到血腥味聚集而來也很正常，然而不知道是因為其他魔物可能都曉得這裡有雪地水牛的族群，還是因為單純的偶然，什麼東西都沒有出現。

於是，我直接用火魔術點燃屍體堆。

周圍充滿肉被焚燒的味道，這味道並不好聞。

我選了幾根適合的樹枝丟進火堆。

還含有水分的樹枝爆開並冒出一股煙，往上飄進黑暗的夜空。

用這個代替線香吧，這是悼念的狼煙。

「……」

我暫時抬頭望著這股煙。

應該要有萬千思緒，但不知為何，內心卻空無一物。

所以我只是放空內心，望著眼前的火和煙，然後默默佇立。

「回去吧。」

過了一陣子之後，確定火勢衰滅的我喃喃自言自語。

現在動身，等回到城鎮時想必已經過了黎明時分。如果冒險者公會已經開門，就去那裡把密米爾的屍體和莎拉的遺物交給「Counter Arrow」的眾人。

然後，回旅社睡覺。

這種時候，睡覺是最好的選擇。

我一邊盤算一邊回過身子，這時……

「——嗯？」

似乎聽到什麼聲音。

很像是水瞬間結凍時會發出來的那種聲音。

是魔物嗎？這附近有會發出那種聲音的魔物？

不管是什麼，聲音聽起來很遙遠。雖然多少是因為被屍體燃燒的聲音蓋過，但還有一段距離。

我猜，大概是被雪地水牛的血腥味吸引過來的魔物。

那麼，立刻離開現場是最好的行動。因為該做的事情已經完成，趕緊脫離此地吧。

「……」

然而，我卻有某種不妙的預感。

覺得彷彿有什麼看不見的東西埋伏在暗地裡，正虎視眈眈地準備對自己出手。這樣的恐懼情緒支配了我的身體。

話雖如此，即使我觀察四周，依然沒有看到魔物的蹤跡。

已經聽不到先前的聲音。現在只能聽到樹枝晃動聲，或是樹葉被風吹出的摩擦聲等等自然聲響。

為了確認，我抬頭向上看。

「嗚喔！」

下一秒，我反射性地跳向旁邊。

只差一點時間，有某種巨大物體貼著我掉了下來。那物體具備壓倒性的分量，讓地上的積雪往上噴起。

就算視野被雪形成的簾幕遮蔽，我的預知眼依然確實捕捉到掉下來的東西。

是冰塊。

有個巨大的冰塊被砸到非常靠近我的地方。

要是剛才被那個冰塊壓扁，我會有什麼下場？

我打著寒顫轉過身子。

眼前出現山一般的影子。

看起來似乎已經活了幾百年的粗大樹幹，茂密到幾乎要遮蓋住整片天空的繁盛枝葉，一個擁有這些的存在正移動著粗細和我身體差不多的根部，逐漸往這裡逼近。

「……降冰魔木？」

我還以為自己走過魔大陸和大森林之後，已經看慣魔木。

但是，這是我第一次看到巨大到這種程度的魔木。

這傢伙的樹齡是多少年？魔木是一種活得越久就會變得越強的魔物。

這棵非比尋常，彷彿從太古存活至今的魔木到底有多強呢……

我吞著口水，開始往後退。

與此同時，魔木用力甩動巨大的樹枝。

雖然來得及反應，然而那樹枝實在太巨大了。

我就像是被掃把掃中的小蟲一般飛了出去，在地上滾得全身是雪。

「……嗚！」

魔木有一瞬間停止動作。

不知道它要做什麼的我抬頭一看，可以看到樹枝上正在產生某個物體。

是花還是果實？不對，是魔術。

那傢伙又在樹枝上製造出冰塊。

這並不是我初次目睹魔物使用魔術，然而卻是第一次看到巨大樹木上有冰塊逐漸被製造出來。

「唔！」

我立刻把魔力灌注到杖上，用衝擊波打向自己的身體。

於是我彷彿成了被吹走的木片，成功脫離這個位置。

下一瞬間，冰塊狠狠擊中我原本所在的地方，樹幹發出巨大聲響並斷裂開來。

我在雪中翻滾，同時再度把魔力灌注到杖上。

使用的魔術是岩砲彈。

我注入所有魔力，瞄準魔木。它的身體如此巨大，當然不可能打偏。

然而反過來說，根本是過於巨大。

從魔杖放出的岩砲彈直直飛向降冰魔木，命中對方。

熟悉的炸裂聲音雖然響徹周遭，魔木卻沒有停止動作。

我以全力使出的岩砲彈明明確實擊中這傢伙，結果卻沒有造成傷害嗎？

這樣想的我愣愣地看向敵人，這時火堆的光芒照亮了降冰魔木的軀幹。

沒想到這棵魔木的樹幹全都結冰了。

明明是一棵樹，卻穿著冰形成的鎧甲。

而且，我的岩砲彈或許是被冰鎧甲削弱了威力，是以卡在魔木樹幹裡的狀態停止下來。

岩砲彈沒什麼效果嗎……該怎麼辦？用火？還是風？水？到底該用哪種魔術，才能讓這棵魔木受到傷害……

不，等等。既然不清楚對方的強度，那麼逃走才是比較聰明的做法吧。

這樣想的我正打算腳底抹油。

然而在那瞬間，我的眼光卻注意到一件事。

在降冰魔木的根部附近，有個被纏住的物體。

當我發現那物體呈現人型時，我的雙腳停了下來。

看起來很眼熟。

「莎拉……！」

不知道為什麼，莎拉出現在降冰魔木的根部附近。

她死了嗎？或是還活著？

魔木通常會把獵物殺掉後再當成養分，不過也有一些個體會先剝奪行動能力，再慢慢把獵物活活折磨致死。

莎拉渾身是傷，身上多處呈現瘀青或腫脹，不過看起來好像也沒有受到什麼能讓我確定她死了的嚴重傷勢。

她還活著嗎？或是已經死了？

「嗯？」

因為有種不對勁的感覺，我定睛仔細觀察。

於是，我發現在莎拉身處的那個高度掛著大量的屍骸。

有骸骨、開始腐爛的肉塊，還有成了乾屍的拉斯塔熊……

其中有個東西特別顯眼。

是雪地水牛，一隻被樹根纏住的雪地水牛正在掙扎。

恐怕是我先前沒逮住的傢伙。

那隻雪地水牛雖然被樹根纏住，還是為了逃走而口吐白沫拚命掙扎。

當然，因為樹根纏得死緊所以無法脫身……

不過，可以看出這棵降冰魔木具備生擒獵物的習性。

說不定莎拉也只是昏過去了，其實還保住一條命。

「……」

可是，要怎麼做才能救出她？

降冰魔木擁有必須抬頭仰望的巨大身軀。

是一棵會讓人覺得高樓大廈正是如此的大樹，大部分樹幹還包著冰形成的鎧甲。

老實說，我不覺得自己打得贏。

就算我使出岩砲彈以上的大規模魔術並打倒對方，莎拉恐怕也會遭到波及。

雖說幸好抓住莎拉的部分並沒有冰鎧甲，但是我能夠辦到先攀上去，再把莎拉拖出來，然後逃離的一連串流程嗎？

在我評估這些事的時候，降冰魔木還是繼續逼近，甩動樹枝攻擊。

「『火斷（Flame Slice）』！」

我反射性使出魔術，把樹枝截出一塊正方形來逃過這一擊，然後退到更後面。

接著是來自右邊的樹枝攻擊，我也以同樣方式避開。

於是，有冰塊從上方砸了下來。

「……唔！」

話雖如此，既然已經知道會受到這種攻擊，要閃避不是難事。

再來又是樹枝攻擊。

先右邊，再左邊。

「嗯？」

閃過樹枝攻擊後，我突然覺得不太對勁，因此慎重地觀察魔木的動作。

只見黑夜中的魔木正要製造出一個冰塊。

「……」

這傢伙該不會只有這種攻擊模式吧？

使用冰塊砸向敵人。至於在製造出下一個冰塊的期間就先用樹枝攻擊，把敵人掃倒。

它是不是只會重複這些動作？

「……」

我閃過好幾次樹枝和冰塊後，這種預測成了確信。

當然，對方有可能還藏著什麼殺手鐧……不，這傢伙充其量只是魔木。儘管體型巨大，但原本是相當於D級的魔物。

我不認為它有那麼多種行動模式。

「……剛才『火斷』有用吧。」

我在腦裡記住「火斷對樹枝部分有用」這個事實，進一步仔細觀察敵人，發現似乎只有粗大樹幹這段蓋著冰形成的鎧甲。

這是在亮處可以一眼看出的事情，大概是岩砲彈被擋下導致我有點嚇傻吧。

「行得通嗎？」

看來或許是因為對手過於巨大，讓自己不由得畏縮起來。

一旦摸清底細，會明白這傢伙只有兩種攻擊模式，充其量是個頭較大，其實和一般的魔木無異。

「好。」

我低聲自語，然後開始前進。

閃過冰塊，用火斷來切碎像掃把般揮來掃去的樹枝。

說不定使用更有效率的魔術會比較好，然而無法確定魔木是否還藏有別招，所以要慎重地慢慢進行。

如此一來，降冰魔木的弱點變得更加明顯。

這棵魔木因為過於巨大，只有幾根樹枝能夠碰到地面附近。

在我確認到這一點，然後利用火斷把那幾根樹枝從分岔處整個截斷的那瞬間，彼此勝負已定。

魔木並沒有逃走，不過也停止繼續追擊我的動作，而是杵在原地一動不動，彷彿在裝死。

我趁此機會靠近魔木的樹根附近，一邊評估被踩死的可能性，同時到達莎拉身邊，切開樹根，成功把她拖了出來。

「莎拉……！莎拉！」

「嗯……」

聽到我的呼喚，她微微張開眼睛。

「咦？是誰？」

「我是魯迪烏斯。」

「魯迪烏斯……？」

「我來救妳了。」

我邊說話邊把她揹起，一口氣逃離此處。

雖說樹枝這種攻擊手段已經被我奪走，但是並不保證它不會再砸下冰塊，或是使出其他攻擊。

不過呢，即使我在雪中辛苦前進，那傢伙也沒有表現出試圖追擊的反應。

我就這樣繼續往前跑，直到再也看不見魔木為止。

★ ★ ★

逃離那棵魔木後，大約過了一小時。

後來，我使用治癒魔術治好莎拉身上的傷。

傷勢相當嚴重。

全身到處是挫傷和凍傷，而且還有好幾處骨折。

尤其是右腳的大腿特別悽慘，骨頭狠狠折斷，大腿也整個腫起。我猜可能是複雜性骨折之類吧。

由於治癒魔術必須直接碰觸患部才能發揮效果，所以我在治療時讓莎拉脫掉上衣和褲子，把手放在她身上。

「……」

原本以為莎拉又會講什麼，但她什麼都沒說。

或許對冒險者而言，這種事情根本是家常便飯。

畢竟依照受傷位置，身為治癒魔術師的密米爾有時候想必也只能像這樣直接碰觸才有辦法

治好。

不過，因為莎拉爬行過所以雪有滲進褲子內，導致貼身衣物也濕掉而變得有些透明，對我的眼睛有不良影響。

儘管我試著盡量不去看，但無論如何都會多少瞥見。

「我是被狂奔的雪地水牛撞到，掉進山崖下。」

「咦？」

「這是我腳骨折的原因。」

「噢……」

莎拉應該有發現我在偷瞄她的內褲，卻沒有提起這件事，而是講述起她和其他人走散的經過。

我想她之所以沒有遮掩，或許是想要獎賞我去救她。就當作是眼福吧。

畢竟最近幾個月以來，對這方面也是睽違已久。

「我在雪地公牛族群造成的骨頭堆中發現了妳的耳飾，所以還以為妳已經死了。」

「咦？噢，那個嗎？那個耳飾是魔力附加品，只要把羽毛前端刺進對方身上，就能讓敵人暫時去追著幻影。」

莎拉一邊摸著自己的耳朵一邊說明。

也就是說，她雖然在暴風雪中被雪地水牛狠狠衝撞並受到大腿骨折的重傷，依舊靠著耳飾來逃過一劫嗎？

「如果這裡不是降冰魔木的地盤，我已經沒命了吧。」

被魔物群襲擊，大腿骨折。

即使如此她還是想辦法擊退一隻魔物，結果卻無法動彈，又因為暴風雪而無法看清周遭。

為了抵禦寒冷，莎拉在積雪中挖出一個洞藏身，還把箭矢綁在一起當成夾板，做了緊急處置。

一個人滿心不安地等待救援時，又遇上降冰魔木出現，連人帶雪洞都被冰塊壓中，然後被抓。

以上似乎就是莎拉的經歷。

「……」

換成是我，根本不會想到挖洞禦寒，大概早就凍死了。

「我說，差不多可以了吧？」

我正在胡思亂想，莎拉用雙手遮住前方並開口發問。

「啊，嗯。謝謝妳。」

「你在謝什麼啊……」

莎拉紅著臉嘀嘀咕咕，然後把臉轉開，穿上褲子。

我碰觸治療時，她的大腿因為骨折而發黑腫脹，現在則恢復成柔軟又有彈力的狀態。

是讓人想要道謝的腳。那麼，我道謝也是理所當然吧，不管怎樣都是。

「……」

不過，剛剛好像有個不太對勁的感覺。

一種缺少該有之物的感覺。是什麼呢？雖然應該不是什麼大不了的問題……

「妳的腳有什麼不舒服的地方嗎？」

「沒有，沒問題。而且已經不痛了，你看。」

莎拉在我眼前屈伸著腳。

既然不是治癒魔術失敗，那麼到底是什麼呢？

「我總覺得有哪裡不太對勁……是不是有發生什麼奇怪的事情？例如耳飾掉落的地點之類……？」

「我覺得掉了的東西出現在哪裡都很正常……啊，不過你一個人在這裡倒是很奇怪。」

「噢……這也沒什麼理由，我從提摩西他們那裡聽說妳失蹤了……」

「啊，提摩西他們果然回去了？」

「不，那是……」

「嗯，我並不是在怪他們。以那個狀況來說，那樣做是理所當然……所以，大家都平安無事嗎？」

「不，密米爾死了，屍體在這裡。」

我明確地如此告知後，提起布袋。莎拉接過袋子，探頭看向袋內。

確認裡面的東西後，她先皺起眉頭，接著露出悲傷的表情。

「是嗎……大家知不知道這件事？」

「他們好像有確認密米爾已經死亡。不過我覺得至少要把屍體帶回去，把他埋葬在城鎮附近會比較好。」

「嗯，那樣做，密米爾也會開心……啊，起碼這個袋子讓我來拿吧。」

「可以啊。」

莎拉緊閉著嘴，把袋子揹了起來。

結果，我還是不清楚到底哪裡不對勁。

這樣一來，只能丟著不管。我想大概不是能立刻解決的事情……

「那麼，我們回去吧。」

「嗯。」

莎拉點點頭。當她這麼溫順聽話時，就顯得很可愛。很像艾莉……我差點回想起某人，趕緊甩了甩腦袋。

「我說啊……」

走了幾步之後，莎拉主動搭話。

我回頭一看，只見她臉上掛著像是鬆了一口氣，又像是快要哭出來的笑容。

「謝謝你……來救我。」

伴隨著這個笑容，她講出口的發言是出自內心的感謝。

「……」

不知道為什麼，這笑容讓我看得出神。

我很想一直一直看下去。有某種東西在內心結合，讓我產生一種彷彿過去行動全都獲得原諒的心情。

自己被救贖了。

很奇怪，應該是我救了她，結果卻不由自主地產生這種想法。

★　★　★

等我們回到羅森堡時，已經將近黎明。

莎拉在半路上有主動提議要在外野營，但是我想早點回到城鎮，因此駁回她的提案。

不知道為什麼，我有點和害怕和莎拉兩個人一起露宿。

「啊。」

在羅森堡前方，熟悉的臉孔全部到齊。

是提摩西、蘇珊娜，以及帕特里斯他們三人。

「魯迪烏斯……和莎拉？」

「蘇珊娜！」

莎拉一發現三人的身影，立刻跑了出去，衝進蘇珊娜的懷裡。

「這是怎麼回事？我們正打算要去找妳呢！」

「是魯迪烏斯救了我！」

莎拉對掩不住滿臉驚訝的他們這樣說道，然後解釋起詳細情況。

於是，三人的視線都集中到我身上。

他們都睜大雙眼，露出無法置信的表情。

「既然是昨晚……也就是說你從我們這邊得知消息後，立刻就動身去救人？而且還一個人去？」

「呃……也是啦……」

「居然那樣亂來！萬一連你也死了，到底打算怎麼辦呢！」

因為受到斥責，我縮起身子。

「等一下！蘇珊娜！妳有必要那樣說嗎！」

這時，莎拉挺身擋在我前面。

蘇珊娜看到莎拉的反應，再度睜大眼睛，然後搔了搔臉頰。

「……嗯，妳說得對，這不是我有資格說的話。我只是有點驚慌失措……該怎麼說，我很感謝。其實開口第一句話，應該要先謝謝你救了莎拉才行。」

蘇珊娜似乎很尷尬。

或許她是覺得既然我一個人辦得到，那麼自己等人如果也在那時動身，就能夠去找莎拉。不過我是因為操作天候所以路上才能那麼輕鬆；要是按照原來的狀況，我想雪不會停。

「……不，身為隊長，我也要向你道謝。」

提摩西握住我的手。

他沒有露出平常那種柔和的笑容，而是以嚴肅表情看著我。

「如果莎拉沒有活著回來，我真的會很後悔。謝謝你。」

「……」

「這個恩情該如何回報？你儘管開口吧。」

提摩西的手很溫暖。

或許是因為我的身體很冷。

「不，你們不需要道謝。畢竟我也曾受過各位多次幫助。」

這是我的真心話。

我總覺得說來說去，自己在各種方面都受到「Counter Arrow」眾人的幫助。

正因為如此，得知莎拉失蹤後，我才會自然而然地展開行動。

「所以，這次就當作彼此扯平了吧。」

我這樣說完，勉強擠出客套笑容後，提摩西也看我一眼，然後換上平常的笑臉。

「是嗎……是這樣呢。那麼，就算是以後也請多多關照吧。」

「是，以後也請多多關照。」

提摩西用力握了握我的手，接著以像是想到什麼好主意的表情開口說道：

「對了，魯迪烏斯……」

「什麼事？」

「…………不，抱歉，沒什麼。」

他搖了搖頭，露出有點為難的表情。

其實我覺得自己可以理解提摩西原本想說什麼，不過我並不打算繼續回問。要是他真的講出我推測的發言，雖然我會猶豫一陣，但想來最後還是會拒絕。

「……那，我回去了。」

「嗯，我們送你一程吧。」

「Counter Arrow」的眾人似乎理所當然地陪我走回旅社。

時為清晨，城鎮裡還未看到居民展開活動。我們五個人很少交談，只是在這種太陽升起，積雪反射出閃亮光芒，顯得清爽舒暢的早晨裡，一起踏著雪前進。

畢竟我已經筋疲力竭，莎拉也疲憊不堪。

其他三人大概想追問更多事情，但還是把我要回旅社這事視為優先。

就這樣，我們很快到達旅社門口。

「到這裡就好，謝謝你們。」

我回過頭表示謝意。

「魯迪烏斯……下次見！」

當我踏入旅社時，莎拉這樣大叫。

仔細想想，她應該也是一晚沒睡。而且跟白天悠哉幫忙除雪的我不同，她在刮著風雪的森林裡遇襲骨折，因此受到劇烈疼痛折磨，體力想必嚴重消耗。

考慮到這一點，或許之前該斟酌野營可行性才是比較好的做法；然而如果我們那樣做，說不定會和其他成員不巧錯過。所以，這樣是對的。

「嗯，下次見。今天請好好休息。」

「魯迪烏斯你也是！」

「是。」

我對莎拉揮了揮手，走進旅社。

旅社的大廳很暖和，早起的老闆或許已經開始準備早飯，瀰漫著好聞的香味。

我通過作為餐廳的一樓，走上三樓的房間，在壁爐裡點起火。

接著打開窗戶想在房間變暖之前先稍微換個氣，正好看到「Counter Arrow」一行人逐漸遠離旅社。

然後幾乎在我注意到他們的同時，其中一人回過頭來看我。

我和莎拉視線相對。

她動著嘴巴像是在說什麼。

因為其他三人都沒有回頭，可以知道莎拉沒有出聲。

到底說了什麼呢……不懂讀唇術的我無法分辨，總之只好揮揮手，目送她離開。莎拉似乎有點高興地回過身子，追上其他三人。

關上窗戶後，突然有一陣睡意來襲。

今天先休息吧，懶散地躺在溫暖的被窩裡，一口氣睡到晚飯時間。

感覺今天可以久違地睡個深沉一覺。

我一邊這樣想，同時躺到床上。

第五話「快速進展」

春天到來又離去，換成夏天造訪。

日子過得很快，從我來到羅森堡展開冒險者活動後，已經過了一年。

自己的名聲已經充分廣為人知，連鄰近村子也可以聽到「泥沼的魯迪烏斯」這名號。

然而直到現在，還是沒有獲得關於塞妮絲的任何情報。

只是我也沒有移動到下個城鎮，而是繼續留在這個羅森堡裡。

「今天也辛苦了。」

「辛苦啦！」「辛苦了！」

這一天，我又在酒館裡和「Counter Arrow」的眾人一起舉杯慶祝。

「這次又受到魯迪烏斯的幫助，不愧是泥沼。」

「不，是因為大家的表現都很好，我才能做出那種水準的表現。」

「又這麼謙虛！你明明擁有能一個人夜闖森林的高強實力吧。」

在上次那件事之後，我和「Counter Arrow」一起行動的次數變多了。

這不是偶然，是因為他們比以前更積極地來邀請我參與委託。

一開始還以為只是碰巧，不過每當我前往冒險者公會，就會發現「Counter Arrow」的眾人必定在場，也一定會來找我。久而久之，就算我再怎麼遲鈍也會有所察覺。

和其他隊伍合作的次數也必然因此減少。以前大約是五次委託中會有一次是跟「Counter Arrow」聯手，後來變成三次中有一次，再變成兩次中有一次，現在已經成了五次裡有四次是和他們一起行動的狀態。

幾乎到了說我是隊伍成員之一也不算誇大的地步。

「——然後啊，因為我爸爸是個獵人，我從小就開始練弓，所以現在也還是繼續用弓。只是要當冒險者，弓箭其實有點不方便。」

「我的父親是騎士。聽說他原本打算看我是男孩還是女孩，男孩就讓我學習劍術，女孩就學習魔術。結果比起劍術，我在魔術方面似乎更有才能，所以他就從羅亞這個城鎮裡找了個名為洛琪希的魔術師來擔任我的家庭教師。」

還有另一件事也發生變化。

那就是我和莎拉之間的距離縮短了。

委託途中在外野營時，還有去酒館慶功喝酒時，現在的莎拉都會自然地來到我身邊坐下，也會積極找我搭話。

一開始真的都是些閒聊，不過最近開始提起彼此的身世以及故鄉的事情。

「然後呢，那個叫洛琪希的人是我的師傅，她真的是個非常了不起的人。」

「喔……」

「明明是魔族，卻選擇在人族之中認真盡力地活下去，即使遇上討厭的事情也不會自暴自棄，非常耿直正派，我看到這樣的她——」

「啊……是喔。」

有些話題會讓莎拉的心情變差，不過我想基本上我們算是關係融洽。

聽說莎拉出身於阿斯拉王國中央附近的米爾波茲領地，故鄉是領地西部邊緣的一個村子。父母是在那裡當獵人維生的夫婦，過著從小就要幫忙的生活。

可是有一天，在莎拉大約才十歲時，森林中突然湧出大量魔物，雙親似乎都因此過世。

莎拉頓時舉目無親，收留她的人是蘇珊娜。

當時的蘇珊娜和提摩西雖然也屬於同一支隊伍，但組成隊伍的成員好像和現在完全不同。他們是為了討伐那些湧出的魔物，被附近城鎮派遣到當地的冒險者。魔物的數量相當多，所以投入了相當多的冒險者，受到的損害也很嚴重。蘇珊娜的隊伍只剩下她自己和提摩西，其他人都死了。

密米爾和帕特里斯的情況也類似，「Counter Arrow」似乎是由那些參加米爾波茲領地的魔物氾濫討伐，結果成為孤單一人的人們聚集起來後組成的隊伍。

當時的「Counter Arrow」還是D級隊伍，莎拉成為冒險者後，靠著蘇珊娜他們的幫忙迅速提升層級，並且加入隊伍。雖說她原本就擁有用弓的才能，不過耗費的時間據說還是相當短。

在那之後，「Counter Arrow」的成員有時增有時減，最後升上B級。

升上B級之後，在阿斯拉王國中央一帶幾乎沒有工作可接，因此他們不斷往偏遠地區移動，後來乾脆下定決心，提議前往難度更高一級的地方。原本猶豫著該選南部還是北部，後來因為當時的活動地點多納提領地比較靠近北方，再加上提摩西出生於北方大地，對那邊的地理情勢都比較熟悉。

似乎是基於這些理由，他們決定往中央大陸北部移動。

話說回來，莎拉是獵人的女兒啊。

希露菲也是呢。不知道她目前身處何方，又在做些什麼……

「我聽到格雷拉特這個姓氏的時候，心想你應該是個阿斯拉貴族少爺。也只認定你是從魔

法學校畢業的貴族小孩，只不過碰上一點煩心事就打算逃離原本的環境。」

據說莎拉一開始那種渾身帶刺的態度，是因為誤解了我的出身和行動準則。

簡而言之，她對我有偏見。

「因為在阿斯拉王國，格雷拉特這姓氏相當有名嘛。」

「不過，你不是那個格雷拉特吧？」

「不，那個……血緣上好像跟什麼高貴人士有關係。」

「啊……是這樣嗎？」

基本上還是先告知事實後，莎拉只有一瞬陷入沉默。

「不，當然我本身並不是貴族，請不要介意。」

「……貴族……在我故鄉的森林裡湧出魔物時，講了一堆理由，不肯派出騎士團。所以才會遭受到那麼嚴重的損害。」

「領主做了那種事？」

「嗯，我聽說的情況是這樣。」

「噢……畢竟只要遭受損害，就有理由可以攻擊領主……所以，說不定是其他貴族扯了後腿。」

「就算是那樣也太過分了，犧牲的是村民啊……」

聽說就是因為經歷過這種事，莎拉才會討厭貴族。

就算是我這種沒有擔任實際工作的貴族小孩，也有一天會長大，開始做一些骯髒勾當。

這是她的理論。

「不過貴族也有貴族自己的煩惱。」

我一邊回想菲利普和紹羅斯看起來也都面對著棘手問題，同時如此回答。

雖然菲利普在很多方面似乎都一肚子壞水，不過我覺得紹羅斯爺爺還是有費心為領民設想，只是做法好像經常很粗暴。

到頭來，我認為真正沒有考慮到領民的人，是那些沒有居住在領地的人。

也就是住在王都，只把人命跟土地都視為一串數字的那些傢伙。這種人在發生緊急事態的時候，也不會為了國家和領地著想，而是會繼續扯他人後腿。

紹羅斯就是因為這樣才會遭到陷害並失去生命。

算了，我另一方面也覺得這並不是該強烈譴責的事情。畢竟他們有他們的世界，只是在那個世界裡戰鬥而已。

人類在處理某一件事情時，除了眼前的事物，總是會把其他都置之腦後。

要是思考得過於深入複雜，就會一直累積壓力，實在很難活下去。

「對……對不起，我是不是講了什麼讓你不高興的話？」

我正在沉思，莎拉慌張地把手放到我的手上。

從觸感可知這是經常鍛鍊的手，並不太像一般女性的手掌。

因為這隻曾經拉弓成千上萬次的手感覺特別厚實，似乎曾經磨破過好多次水泡。可是卻強而有力，而且也很溫暖。

「……不，我不是感到不高興，只是在回想因為轉移事件而死掉的貴族親戚。」

「啊……是嗎，對不起。就算你本身不是貴族，也還是認識貴族呢……」

「這點也請不必介意。當然，我那些親戚和莎拉小姐妳故鄉的事情一定沒有關係。」

聽說菲利普的兄弟相當惡毒，說不定扯後腿的人和伯雷亞斯家有什麼關係。而且莎拉故鄉的米爾波茲領地是由保羅逃離的諾托斯·格雷拉特家負責治理的區域，也很有可能無法說是沒有關係。

不過這方面太複雜了，我沒打算特地說明。

「可是，那個貴族死掉了吧？」

「嗯。」

「既然是這樣，果然是我講話太不經大腦了，對不起。」

雖然莎拉道了歉，但我根本不在意。

大概是因為她嘴裡的貴族和我記憶裡的貴族並不一致吧。菲利普和紹羅斯都不是壞人，會不會只是我運氣好呢？

我一邊思索一邊凝視彼此相疊的手，莎拉卻突然把手抽回。

「啊……那個！我想換個話題！」

「好。」

「其實啊，我也稍微會用劍，不過真的只會一點點。因為如果只會用弓，萬一被敵人逼近時會很難應付，所以有請蘇珊娜教我劍術。」

話題突然轉變。嗯，再繼續聊下去也只會讓雙方都很困擾，這是當然的反應。

這就叫作懂得察言觀色吧，是某個女孩不具備的高等技能。

「畢竟也不能直接拿著箭去刺敵人嘛。」

「嗯。只是話雖這麼說，整個隊伍行動時，並不太會碰上被接近的情況，所以我是拿平常使用的小刀來代替……不過，可能是因為使用了一段相當長的時間，小刀在昨天斷掉了。」

莎拉這樣說完，拔出腰間的小刀放到桌上。

的確，這把小刀斷得相當乾脆，只剩下全體的三分之二。大概還可以用來削削東西，但是在戰鬥時無法派上用場。

「哦……我的印象中還以為弓比較容易壞掉。」

「因為弓是手工製作，就算壞掉也可以立刻重做一把。而且在這附近，如果使用魔木的樹枝，就可以做出一把好弓。」

由於弓並不流行，一般的武器店裡並沒有販賣。

在這個城鎮裡有大量魔杖和魔道具用的木材，莎拉似乎是利用那些木材來製作。當然，箭矢也是手工製作。

我本來還在想她是什麼時候做這些東西，但回想起來，連在外野營時，莎拉也會在睡前削木頭。我想應該是先準備好箭尾的羽毛，一有空就動手吧。

「哦？」

「然後啊，因為最近承接委託很少失敗，也存了一些錢，所以我想買把新的短劍。」

「我說魯迪烏斯，你明天有空嗎？要不要一起去買？既然你的劍術是中級，那麼應該多少懂一點短劍的好壞吧？」

「雖然我完全不懂短劍的好壞……不過可以啊，一起去吧。」

「那就說好了喔。」

莎拉這樣講完，露出柔和的微笑。

「哎呀……」

「居然要兩個人一起出去，真是溫馨啊。」

這時我突然注意到，蘇珊娜和提摩西正帶著一臉賊笑看著我們。

於是我才終於察覺莎拉是找自己去做什麼。

是約會。

我好久沒有跟人約會了。

最後一次約會是什麼時候呢？

我想，應該是在米里斯神聖國和艾莉絲一起去買衣服那次吧。那時候是參考路人來決定要買什麼衣服。

衣服……講到我的衣服，只有穿舊了的長袍。

畢竟沒有時間去買，我也不懂如何打扮。雖然可以像之前那樣模仿路上行人的服裝，然而很遺憾，在這個羅森堡裡似乎沒有講究流行的人，想參考也沒得參考。

不，我應該沒有必要那麼緊張。

這次只是陪莎拉去買東西而已，只是要去買一把小刀而已。

不能被date這種字眼給迷惑，我和莎拉之間的關係確實有改善，但再怎麼說也只是有改善。不能自己以為她對我有意思或是行得通，我又不是個處男。

我想對方大概也沒有那麼當一回事。

嗯，以平常心面對吧，平常心就好。

今天也要保持自然，自然的魯迪烏斯。

「讓你久等了，我們走吧。」

正在旅社的餐廳裡胡思亂想時，莎拉來接我了。

特別觀察她之後，我發現莎拉很可愛。身材嬌小，金色短髮清爽飄逸，好像還散發出好聞的味道……啊，頭髮似乎有比平常更用心整理，記得之前在委託中見面時，她的頭髮相當凌亂。

整體打扮也跟往常不太一樣，或者該說雖然只是稍微，但依舊看得出來她有特別用心。

今天她的服裝並不是平時那種裝備了皮製護胸還揹起箭筒的模樣，而是穿著似乎沒在工作時看過的薄上衣，再披上平常的外衣。

雖說還遠遠算不上時髦，但是在冒險者這一行中，很少有人會購買一堆多餘的衣服。

可以感覺到這是她盡全力的最好表現。

如此一來，連遲鈍的我也能明白。

果然莎拉對自己有好感。

我心裡有底，是起因於森林那件事吧。

儘管我沒有那個意思，但自己似乎在不知不覺之間攻略她了。

大概也受到所謂的吊橋效應影響，不過理由如此明確會讓我也能夠放心。

如果要問我是不是討厭莎拉，當然沒那回事。

的確，她一開始的態度充滿敵意，不過那事出有因。她已經針對這件事向我道歉，更何況我壓根兒就沒放在心上。只是遇到有人對自己展現出好意，我果然還是會感到害怕，然而也不是不開心。

當然，我對莎拉並非抱著什麼特別強烈的情感，只不過既然是這種發展，那麼乾脆隨波逐流是不是也沒關係呢，反正我已經不是處男了！

……不，冷靜一點。得意忘形很危險，會讓自己重蹈覆轍。

這裡還是慎重地保持距離吧。

「怎麼了？」

「沒事，我們走吧。」

和莎拉一起上街後，她總是走在和我差一步的位置。有時候是斜前方，有時候是斜後方。話雖如此，這是個只要雙方稍微轉一下頭就能看見彼此的位置。

也是一種雖然有人走在旁邊，卻還是可以在緊急時往水平方向移動的冒險者式位置。

不過，今天的距離好像比平常再近一點。感覺可以碰到她的手。

「是這裡吧。」

莎拉前往的目的地，是最近在這個羅森堡也特別受到好評的武器店。

店名叫作利美特商店，是總部位於阿斯拉王國首都亞爾斯的大型商會經營的店鋪，主要的招牌商品是來自阿斯拉王國的進口貨。

利美特商店以前的評價並非如此良好，聽說是因為進口商品的品質在最近幾年有了戲劇性的改善，所以急速成長。我記得自己從阿斯拉王國搭乘馬車前來此地時，率領車隊的商人好像也是把商品送來這家商店。

商店的外表很普通，不過若以冒險者為買賣對象，看起來門檻似乎有點高。

「這間店看起來很貴。」

「嗯，不過我存了一筆錢，所以想買一把比較好的短劍。」

這個巴榭蘭特公國的魔道具產業很發達，只要支付大筆金錢，就可以買到比阿斯拉王國更

好的東西。但是在武器防具方面卻是怎麼樣都比較劣等。

所以莎拉大概是覺得既然如此，還是來這家有許多阿斯拉王國進口商品的商店會比較好吧。

即使只是短劍，也不能隨便小看。

畢竟在緊要關頭，會幫上自己的東西都是短劍這類的副裝備。

「歡迎光臨！」

我們一進入店內，店員就熱情招呼。同時，放滿店內每個角落的武器也映入我的眼簾。

大部分是長劍，但也有杖、鞭、棍棒和戰棍等鈍器類。

沒看到槍和長棍之類的長柄武器，我記得是因為這個世界把斯佩路德族使用過的東西視為惡魔的武器，所以成了忌諱。

畢竟冒險者方面也不會購買不吉利的武器。

我們在店裡隨便逛了逛，然後走向陳列著短劍的區域。

那裡有掛滿整面牆壁的高級短劍，放在架子上的中等短劍，以及隨便堆在箱子裡的低價格短劍。

在三個種類中，我們首先放棄高級短劍。

因為雖然有很多高級短劍都是魔力附加品也很有吸引力，但是錢包裡的資金不夠。

基本上，會選擇中等的短劍。這些短劍是有名鍛造師製造的武器，儘管沒有附加特殊能力，不過有的堅固耐用有的尖銳鋒利，或是重心非常穩定，使用起來特別順手。價錢並不便宜，但具備符合金額的價值。

至於低價格的那些短劍，全新的時候還算不錯，不過除非能保養得非常好，否則狀態會立刻變差。要是經常使用，頂多只能撐個兩年。很多人都把這種短劍當成消耗品。

「真是讓人眼花撩亂呢。」

「妳是第一次來這種店嗎？」

「雖然不是第一次，不過你也知道我主要是用弓箭，所以跟這種地方沒什麼緣分。需要短劍時會找露天攤位買把便宜的中古貨，弓本身甚至是自己就能製作。」

莎拉看著這些短劍，實際拿在手上確認重心，並且仔細評估。

我也有一把小刀……那是在哪裡買的啊？記得是在魔大陸上隨便買下。不，魔大陸那把後來不行了，好像有在王龍王國那一帶買了新小刀替換。

或許差不多該再換一把了。

這樣想的我也看了幾把短劍。

從刀身比較長的開始看起，也試了刀身短的，重量比較輕的，比較重的。雖然一律通稱為短劍，其實也有很多類型。

今天我沒有預定購買，不過要是發生什麼事，或許先買個一把放著比較好。

「嗯～要選這個嗎？還是這個……該選哪個？魯迪烏斯覺得哪邊好？」

我回過身子，發現莎拉正拿著兩把短劍看向這邊。

一把的刀身長約二十公分，而且略為彎曲；另一把則超過三十公分，不過刀身呈現筆直。

「這個嘛……」

我接過兩把短劍，實際感受一下。

拿在手上後，可以感覺到重量和重心都有很大不同。

接著轉動手腕稍微試用後，我舉起比較短又彎曲的那一把。

「要用來削箭的話，應該選這把。」

我覺得這把的重心比較穩定，若要進行精細作業，大概是這把比較好。

「不過，要和魔物戰鬥的話是這把。」

然後，我把比較長的短劍還給莎拉。

因為長的這把刀刃厚實，看起來比較能承受來自橫向的衝擊。不過我不清楚實際上的強度會是如何。

「也對呢……唔……」

我對短劍並不是那麼熟悉，但是被徵求意見卻什麼都不回答似乎不太好。

「以使用頻率來說，應該是製作箭矢的次數會比較多吧？」

「可是……說不定也會碰上什麼緊急狀態。」

「那，要不要乾脆兩把都買？」

「兩把都買會很重。而且要是腰上掛了兩把短劍，在拿弓的時候會擋到……」

「既然這樣，另外買一把用來製作箭矢的便宜貨，然後放在背包裡如何？還可以當成預備武器。」

「噢，如果是那樣也不錯……可是感覺很浪費。」

「要不然，我也幫妳出一些錢吧。」

「那樣不好啦……」

「偶爾一次沒關係的。」

我這樣說完，從懷中拿出錢。

老實說，這一年以來我幾乎都沒花錢。儘管還是有購買必要物品，可是沒有大筆支出，報酬收入大於每天的生活費。我並不認為自己是個小氣鬼，只是也不會去大玩特玩，所以只有錢越攢越多。

要買個一兩把短劍還不成問題。

「那……這次算是跟你借的。」

「好，請妳改天再還我吧。」

莎拉是在借貸關係上相當講究的類型，有時候我在吃飯時說要請客，她也會主張是欠了我一次並記在心裡。其實以我來說，就算她沒還也無所謂，不過莎拉還是會很正直地時時歸還。

每次我都會想辦法轉移重點，把錢換成其他形式，例如下次一起承接委託時由她幫我站一次崗之類。

不過，我不討厭她這種有借有還的誠實態度。

「嗯！」

莎拉笑起來果然很可愛。

買好短劍之後，我們也去逛了附近的店家。

道具店、防具店，還有整間都是些高價物品，自己平常很少會踏入的魔道具店。

魔道具店裡全是一些和冒險者無關的商品，而且光是陳列在店內的東西，售價就等同於我們一整年的收入。所以，當然只是看看而已。

這世界裡的魔道具好像有很多是類似家電的產品，或是具備初級魔術效果的道具。我看到一個只要注入魔力就能點火的魔道具，原本覺得就像打火機一樣，似乎還算方便；不過那東西的體積有拳頭般大，要隨身攜帶看來有困難。

說是研究有在進展，成果看起來倒是很粗糙。

然而，這個城鎮和阿斯拉王國有貿易往來。所以說不定店面並沒有陳列出使用到高水準技術的物品。

結束櫥窗購物後，我們一起去吃飯。

前往時髦的餐廳……當然是不可能的事情，而是一如往常去酒館裡吃吃喝喝。畢竟彼此都是冒險者，而且聽說莎拉不太懂用餐禮儀。況且講到用餐禮儀會讓我稍微回想起以前的事情，所以去酒館對我來說也是正好。

「去逛了一陣之後，會讓人想買新的護胸呢。」

「我倒是覺得自己可以繼續穿著這件長袍就好……其實我還滿喜歡這件。」

「穿了幾年了？」

「大概兩三年吧。」

「的確很耐用呢……不過邊緣部分果然還是有點破損，要不要換一件新的？」

「唔……我想等到它哪天破得嚴重一點再換。」

「那，我也跟你一樣吧。不過我的護胸是防具，所以還是想早點更換。畢竟不知道會碰上什麼狀況嘛。」

我們在酒館裡吃著熟悉的加肉豆子湯，還有夏季才能收成的蔬菜沙拉，一邊討論今天的購物經驗。

回想起來，我和艾莉絲在這方面聊不太起來。

我們兩個都不是會花時間買東西的人，對服裝也都沒有什麼興趣。

再加上艾莉絲雖然是那樣子，其實算是相當不擅言詞……

總之不管怎麼樣，原來閒聊這種話題還挺有趣。

「可是妳現在這件看起來耗損並不嚴重啊。」

「嗯，不過這是滿久以前買的，最近變得有點緊。」

「有點緊……」

既然護胸變緊，意思是那麼一回事吧。

莎拉差不多十五歲，在這個世界已經成人，不過正處於成長期。

講到會在成長期長大的東西……

「你為什麼臉紅啊……」

被瞪了。

嗯，關於對話技巧方面，我的經驗值似乎還遠遠不足。

「真是，男人就是這樣……」

然而，大概還在她可以容忍的範圍內吧。莎拉並沒有表現出特別反感的樣子，也沒有因為太不以為然而打算回去。

「啊……總覺得好像喝醉了。跟魯迪烏斯在一起的時候，我總是會多喝一杯。」

「是這樣嗎？」

「嗯，為什麼呢……是因為在你身邊就能放心嗎……」

莎拉邊說，邊把身體靠到坐在她旁邊的我身上。彼此的肩膀相貼，可以感覺到莎拉的體溫隔著衣服傳遞過來。

這就是那樣嗎？是不是所謂的有機會？

「……」

為了確認，我伸手攬住莎拉的腰。

明明有在鍛鍊，她的腰卻很纖細，而且也很柔軟。光是能摸到這個，今天就該算是非常滿足了吧。

我正在胡思亂想，莎拉卻把手放到我環住她腰部的手上。

接著，抬起那對微微溼潤的雙眼看向我。

「魯迪烏斯……」

「莎……莎拉……」

兩人都叫出對方的名字後，我感覺彼此的身體更加貼近。

好，上吧。

我最近才在想……自己也差不多該忘記往事，繼續往下一步前進才行。

畢竟不能一直對過去念念不忘。何況我一年前不是已經下定決心了嗎？要朝著前方邁向下一步。

所謂的下一步，是不是也等於要忘記艾莉絲，找到下一段戀情呢？

沒錯，我和艾莉絲已經結束了。那麼，自己必須要開始新篇章才行。

沒有空做一些無意義的行動。

「……時……時間有點晚了，回去吧。我送妳回旅社。」

我把手從她的腰上迅速抽回，站起身子。

剛剛雖然那樣想，但這次還是慎重行動吧。

萬一跟艾莉絲那時一樣，又碰上只有自己一頭熱，最後被對方再見的狀況，或許我真的會一蹶不振。

應該要掌握能確實成功的時機再動手，是這樣吧，保羅？

我邊思考邊結帳，然後和莎拉一起走出酒館。

於是，她突然倒到我身上。

「……我覺得自己好像想跟你再多聊聊。」

莎拉把身體整個靠在我這邊，講起話來有些口齒不清。

是喝醉了嗎？看起來她的臉頰泛紅，意識似乎也昏昏沉沉。是不是喝太多了？或者喝到這程度其實還不要緊？

順便講一下，我目前為止依然一滴酒都沒碰。

「呃……那麼，要去其他酒館嗎？」

「嗯～」

莎拉把手指抵在下巴上，抬頭望向天空。

然後若無其事地低聲說道：

「我……可以去你的房間嗎？」

「……」

她知道自己在說什麼嗎？

不，就算莎拉不知道，也只要我乖乖忍耐就好了。

等一下，這是不是不忍耐也沒關係的狀況？要看發展，自然發展。剛才的氣氛還不錯，如果對方可以接受，乾脆順著情勢展開行動，或許也是一種可行之路？

「這樣……那……我們走吧。」

「嗯。」

莎拉表現出過去從未見過的溫婉態度，還以自然動作挽住我的手臂。

她那不大也不小的胸部貼在我的手臂上，讓我感覺到簡直會燙傷的熱度。

好軟，真的好軟……

話說回來，不管是艾莉絲還是莎拉，這世界的女性該怎麼說？……真是積極啊。

「……」

可是，這時候我又覺得不對勁。

這不對勁的感覺到底是什麼呢？好像之前也曾經出現過。

和往常不一樣。怎麼說，之前碰到艾莉絲的胸部時好像有更多一點什麼，然後現在就是少了那個什麼。

因為少了什麼，感覺有點美中不足。

然而，這是另一回事，現在還是先沉醉於這胸部的感觸吧。不，冷靜下來，只要我能保持這樣並巧妙醞釀出合適的情調，那麼自己是不是有機會用到上臂以外的其他部位去品嚐這對胸部呢？

……我可以聽到自己的心臟正在噗通噗通狂跳，呼吸是不是也變得急促？

「我們到了。」

「嗯，是在三樓吧。」

和莎拉手挽手回到旅社後，老闆以意外表情看著我們這邊。

接著他笑了一下，轉身前往廚房又很快回來，把某個東西丟向我。

我反射性地接住後，發現是一瓶酒。

雖然不清楚酒的種類，但這個應該是相當高價的東西。

「……」

老闆揮著手彷彿在叫我加油，然後又回到廚房深處。

我試著窺探莎拉的臉色，可是弄不太懂。她的臉並沒有特別紅，感覺也沒有醉到意識不清的地步。

無法確定她到底怎麼想。

「……怎麼啦，你趕快帶路啊。」

在莎拉的催促下，我帶著她走上旅社樓梯。

這裡是沒有住著多少客人的安靜旅社。每往上踩一階，樓梯就發出嘎吱聲，讓我的心跳也不由自主地加快。

我的呼吸絕對很急促。

「是這間。」

「打擾了。」

莎拉對我的呼吸聲並沒有說什麼，直接進入我的房間。

我把剛才拿到的酒瓶放到桌上，原本打算脫下長袍，又想到脫衣服前應該要先在壁爐裡點起火，然後再想到其實現在已經是夏天了不需要用到壁爐所以作罷，最後還是脫掉長袍。

當我忙著做這些看來可疑的動作時，莎拉已經脫下外衣掛到衣架上，然後在床邊坐下。對，床鋪邊緣。

她沒有選擇坐在床邊的椅子，而是直接坐在床上。

回想起來，這輩子我好像是第一次看到坐在自己床上的少女。不，應該不是那樣才對。

「妳……妳要不要喝點什麼？有酒和水。」

「你房裡有水啊？」

「因為我是魔術師，可以製造出來。」

「喔……」

我為了撐過這段空檔，把水注入杯子裡。

不，等等，這杯子有洗過嗎？畢竟自己在這方面挺隨便……呃……

「比起那種事，你要不要過來？」

我要過去。

「是。」

看到莎拉拍了拍旁邊的床面，我像是被吸過去一般移動到她身旁坐下。

好近，近得誇張。因為太近了讓我不知道如何是好。

「那個啊……」

「嗯。」

「其實我呢……相當感謝你。那次要是你沒趕來，我已經死了。」

「嗯。」

她是想聊嚴肅的話題嗎？

已經到了這地步，她還要聊嚴肅的話題嗎？

兩人已經肩並著肩，我也陷入只能看見那雪白鎖骨和深處雙峰的狀態，即使這樣，她還是要聊嚴肅的話題嗎？

這時，莎拉把頭轉過來。

我們四目相對，彼此之間只剩下鼻尖快要相碰的距離。

我的視線範圍被莎拉的面孔占滿，她的藍色眼眸中可以看到我的身影。

「所以……那個……可……可以喔。」

我把她推倒了。

畢竟我不懂什麼規矩，也不懂這方面的禮儀。

只是，我想大概沒有那麼衝動。畢竟自己已經不是處男，所以應該有抑制住急躁的內心，做出體貼又溫柔的動作。

為了避免失敗，我有細心注意，也為了避免重蹈艾莉絲那時的覆轍，所以慎重行動。

我推倒莎拉，接吻後撫摸她的身體，然後脫掉她的衣服，再撫摸身體後接吻，換成脫下自己的衣服……

「咦？」

這時，我發現一件事。

「……怎麼會？」

我終於察覺到。

察覺至今為止多次感覺到的不對勁感到底是什麼。

莎拉的身材緊實有致，衣服下的皮膚雪白又美麗，和日曬痕跡之間的境界線顯得非常誘人。

她本身沒有任何問題，莎拉擁有美妙的肉體，美妙的曲線，無可挑剔。

也沒有發生那種其實胯下長著什麼不該出現之物的可怕情況。

沒錯，她沒有問題。

問題在我身上。

我的身體在訴說著異常。不對，我的身體並不是在訴說異常，完全沒有表示任何意見。

只是保持沉默。

「……………咦？」

如果是平常遇到這種情況，應該會直直挺立彷彿等待已久的那傢伙。那個以體感年齡來說已經陪伴我將近六十年的靈魂。

現在卻連動都不動一下。

「……………………怎麼會？」

我舉不起來。

之後，我們嘗試了很多方法。

例如自己刺激，麻煩莎拉來摸，或是抵在她身上，來回摩擦等等。

然而，我的那玩意兒依舊無力地朝著下方。

不久之後我和莎拉都累了，放開彼此的身體，默默無言地拉開距離。

我坐在椅子上，莎拉則留在床上。

坐在椅子上的我，腦中是一片混亂。

這是自己第一次碰上這種事。

為什麼？怎麼會這樣？到底是從什麼時候開始？什麼時候成了這副德性？

根本莫名其妙啊，明明至今為止都是個不聽話的調皮孩子，怎麼會突然這樣。

「……」

我的身體到底出了什麼事？

我感到口乾舌燥，視線變窄，只有心跳聲特別強烈。自己也非常混亂，想來臉色肯定一片慘白。心裡充滿羞恥感，不安感，還有喪失感。

「那個啊。」

莎拉對著這樣的我開口。

不知何時她已經穿上衣服。而且不只貼身衣物和室內用的服裝，連進入房間後最先脫掉的外衣都穿在身上。

順便一提，她已經離開床鋪。莎拉移動到房間門口附近，背對著我站著。

「我……其實也不是說……喜歡你還是怎樣……」

「咦？」

依舊背對著我的她這樣說道。

講話速度有點快，彷彿想表示拒絕。

「是要道謝……對，我只是想償還之前欠你的人情。所以，你可不要誤會。這次再怎麼說，

都只是類似義務的行動。」

「咦?」

義務是什麼意思?意思是她這些日子陪在我身邊一直都是基於義務嗎?

因為我救了她,因為我們之間有借貸關係,莎拉才對我特別寬容嗎?

她剛剛說並不是喜歡我,就是這個意思?

「那……那就這樣!」

莎拉只丟下這句話,就打開房門,迅速離開。

「啊……等……」

我聽到她在離開房間的那瞬間,喃喃說了句:「倒楣透頂。」

因為這句話,讓我收回正想要伸出去的手,還有想要叫她等等的發言。

可以聽到莎拉沿著樓梯咚咚往下走的聲音。

「……啊……」

我無話可說。

又是這樣嗎?到頭來還是這種結果?

我到底弄錯了什麼?是不是這次又弄錯了什麼?該不會艾莉絲也是這種感覺嗎?她只是忍耐著讓我做到最後,其實那天晚上她心裡也是不情不願嗎……

為什麼會演變成這種狀況?

從今以後，會一直保持這樣嗎？

「……好冷。」

我感到一陣寒意，拿起內褲穿上。接著穿好外褲與襯衫，再把長袍披在身上。

即使如此還是很冷，因為內心深處透出一股寒冷。我總覺得就算外面穿了再多衣服，這股寒意也不會消失。必須用其他某種……帶有熱度的東西來填補才行。

「……用這個就可以了吧。」

我拿起放在桌上的酒瓶。

第六話「不舉的魔術師」

一小時後，把房裡這瓶酒給喝光的我搖搖晃晃地離開旅社，隨便找了一家酒館。

進門後我立刻坐到吧台前方，開口要酒。

「老闆，給我這裡最烈的酒。」

「像你這種小孩……」

老闆原本想說什麼，看到我從懷中掏出一枚阿斯拉銀幣後，露出驚訝的神色。

等那吃驚的表情變化成不愉快的表情後，他隨即從後方的櫃子拿出了一瓶酒，放到我的面

前。

既然有酒，一開始拿出來不就得了。

「噢……」

我喝起老闆拿出來的酒。直接整瓶拿起來喝，一口氣灌進肚子裡。

自己還是第一次這樣喝酒，沒想到意外暢快。我感到天旋地轉，一圈一圈的轉。

急性酒精中毒？我哪管那麼多，要是能在這麼舒服的狀態下死掉，根本正合我意！

「大叔！再來一瓶！還要配上下酒菜！」

「喂，我說你別用那種喝法……」

「囉唆！快一點啊！」

我狠狠咆哮，於是老闆聳著肩又拿來一瓶酒。

嗯，這種感覺真令人懷念，前世就是這樣。只要我大聲怒吼，老爹跟老媽都會嚇得聽話照辦。

哼！來到這個世界度過好幾年，甚至還跑來這種地方，卻又要重複同樣的行為嗎……可惡啊……混帳……

「……」

我張嘴灌酒。這裡的酒熱到會讓人覺得血氣上湧，也烈到讓人舌頭發疼。不過，味道根本無關緊要。喝下去越多，越覺得心裡的寒冷大洞似乎被逐漸填滿。

下酒菜是豆子，炒豆子。

料理名叫什麼？至今明明吃過滿多次，我現在卻想不起來。算了，叫豆子就好。反正這城鎮裡只有豆子。

「哎呀～？」

我大口吃著豆子，然後配酒吞下去後，背後突然傳來聲音。

「這不是泥沼嗎？真稀奇。喂，你居然在我們常來的酒館喝酒。」

不必回頭，我也知道是誰。

是佐爾達特，那個總是喜歡找我碴的混帳。

「我說你，知道這裡是我們的地盤嗎？喂，像你這樣的傢伙坐在這邊會讓酒變難喝，快點滾吧。是說，你先給我轉過來啊！」

佐爾達特居然在我旁邊坐下。

我轉頭看他，這傢伙一如往常，臉上帶著似乎打心底瞧不起我的表情。

「你這傢伙是怎樣，一副要死不活的樣子，是不是碰上什麼煩心事？應該是有發生什麼事吧？不過話雖這麼說，反正你隨時都這副德性嘛！只要遇上不順心的事情就逃避再逃避，然後整天擺出討好人的愚蠢笑容，根本是在等著周圍來安慰自己吧？像這樣——嗚喔！」

由於他把臉湊了過來，我揮拳狠狠打下去。

佐爾達特從椅子上摔落，一屁股坐在地上，不過隨即起身。

「你這混帳！」

我也離開椅子，抓住佐爾達特的領口。

「你發啥脾氣？明明是你一天到晚找我麻煩……這就是你想要的反應吧！」

「你……」

我再度狠狠打他一拳。

佐爾達特沒有防禦，但是也沒有閃躲，臉上直接挨了我的拳頭，腳下踏了幾步。

「整天陪笑又有哪裡奇怪？」

再給一拳。

「要是我能像你這樣挑剔別人，看扁別人，炫耀自己的成果，然後遭人怨恨，遭人嫉妒，遭人討厭，結果大家都紛紛離開，卻還能保持同樣態度的話，我當然也會那樣做！」

「我就是不想被別人討厭！為了不被討厭，所以才要笑啊！這種行為到底有哪裡招惹到你了！」

「為什麼要離開！留在我身邊啊！就算是在騙我也好，對我笑啊！被人以那種方式對待，實在太痛苦了啊！」

「夠了，不行了。我已經完蛋了……」

「話說回來，你這傢伙到底是怎樣？明明啥都不知道，還動不動來刁難我。什麼叫作自以為獨當一面，什麼叫作半吊子？痛苦的時候逃走又有什麼錯……」

「混帳！你放馬過來啊！打我啊！隨便你打！等我倒地，你再嘲笑我啊！反正你肯定比我強……」

我一邊怒吼，同時多次揮拳打向佐爾達特。

發現有人打架的酒館客人在旁邊起鬨，叫我們再打下去。

然而佐爾達特卻沒有動。明明他不可能無法對應，卻只是繼續承受我這個醉鬼打出的軟弱無力拳頭。

慢慢地，周圍也安靜下來。

晚上的酒館原本應該是很吵鬧的場所，現在其他聲音卻已經消失，迴響著我毆打佐爾達特的聲音。

等我打累了癱坐到地上後，酒館裡只剩下從我喉嚨裡發出的嗚咽聲。

「喂，佐爾達特……你也別太欺負小孩子。」

「……啊，噢。」

酒館裡的其他客人，還有在裡面位置喝酒的「Stepped Leader」眾成員，再加上佐爾達特本人，全都以傻眼的態度看我。

由於我依然癱坐在地上，佐爾達特似乎是為了配合我的視線高度而蹲了下來，然後探頭看向我的臉。

「抱歉，我道歉吧，是我不好，說不定你真的是這世上最不幸的傢伙。別哭啊，就說以後會遇上好事嘛。」

「你這傢伙懂個屁……」

「嗯……啊，這個，總之，喝吧！然後講給我聽聽。說不定那樣可以釐清什麼事情，你就稍微宣洩一下吧。所以啦……別再哭了。」

佐爾達特這樣說完，伸手拍了拍我的肩膀。

等我回過神時，不知為何自己正在和佐爾達特一起喝酒。

而且一邊喝酒，還一邊斷斷續續地低聲敘述發生了什麼事。

「換句話說，你是因為那玩意兒沒站起來，所以被女人甩了嗎？」

「嗚……怎樣啦……少取笑人……」

「我沒打算取笑你。只是啊，人在消沉的時候，一定要把消沉的原因搞清楚才行。」

「……嗯。」

讓我意外的是，佐爾達特默默地聽著抽抽搭搭的我說話。

而且還叫「Stepped Leader」的其他成員迴避，只有他跟我兩個人躲在吧台角落裡交談。

「可是，我(Boku)消沉的原因——」

「用『我(Ore)』就好了。」

「咦？」

「你剛剛不是用了『我』嗎？平常講話時可以不用改，但是這種時候，不需要在講話語氣和第一人稱等方面戴上面具，因為那樣等於是在對自己說謊。」（註：魯迪平常的自稱都是「僕」，剛剛發飆時則是用「俺」）

「噢……」

「一旦對自己說謊，就會慢慢累積不好的東西。所以你講話也不用那麼客套，用『我』就對了。」

是這樣嗎？

聽他這麼一說，似乎頗有道理。的確，我覺得自己在這一年以來累積了不少東西。

「讓我消沉的原因，是更久以前的事情。我有個喜歡的女孩……」

「嗯。」

「發生很多事情，所以怎麼說呢，我們就做了。彼此都是第一次。」

「嗯，所有人都有過第一次。」

「可是啊，等我醒來時，對方卻不見了，說是早就離開……」

「也就是你被拋棄了嗎？」

被拋棄。

這事實被說出口後，我感到鼻子一酸。

眼淚滴滴答答流下，握著杯子的手開始發抖，喉嚨裡也發出哽咽聲。

「嗚……嗚嗚……」

「就說別哭啊……不過，既然會哭，表示這就是原因。然後你一直受到這件事影響，才會變成現在這樣，就是這麼一回事。所以啊，哭泣流掉的水分就喝回來吧。」

語畢，佐爾達特在我的杯子裡倒酒。這是這家酒館裡最貴的酒。

我一口氣喝乾，肚子裡沒感覺。我不記得自己喝了多少，不過，眼淚確實有稍微變少。

「為什麼……艾莉絲她……為什麼要離開……為什麼……」

「噢，那女的叫艾莉絲嗎？真是個過分的女人。不過呢，你不能凡事都去追究女人行動的理由，因為那些傢伙跟貓沒兩樣，但我們是狗。狗怎麼可能搞得懂貓的想法呢，是吧？」

「可是，到底為什麼……」

「啊……根據我的經驗，女人如果突然消失，通常是因為你在她消失前的行動有什麼問題。所以她們會突然心情變差，拋下一句：『我不管了！』就不知道跑哪裡去。」

「她消失前的行動……」

我心裡有底。

「果然是因為我太遜嗎……」

「你不要隨便斷定對方到底是看什麼事情不順眼，因為男人自己想到的原因通常都是錯的。要是你針對那件事情道歉，對方會發飆說：『我才不是在氣這個！』所以要小心一點。」

「我根本不知道她在哪裡，想道歉也……」

「嗯，我懂，我懂啊。」

佐爾達特喝乾自己杯子裡的酒。

接著，他放下杯子，用大拇指擦掉杯子邊緣的水滴。

做出好像在思考什麼的動作後，佐爾達特突然喃喃說道：

「繼續這樣下去的話，太痛苦了。」

這句話完全代替我講出了心裡的感受。

佐爾達特的表情並沒有改變。他依舊擺出似乎很討厭別人的態度，是一種帶著諷刺，看扁別人的神色。

可是只有表情是這樣。

他的雙眼直直看著我，言語中也沒有欺騙。

「來治好吧。」

「可是，要怎麼治……」

「我也不知道。」

佐爾達特搖了搖頭，不過繼續說道：

「可是啊，既然原因是那個行為，就只能用那個行為來蓋掉之前的經驗吧。」

用那個行為來蓋掉之前的經驗。

但是講到那個行為，不就是要使用我這個派不上用場的玩意兒嗎？

為了治療，壞掉的部分不是必須要暫時恢復正常才行嗎？

「那樣的話，不就等於治不好了……？」

「你只有一次經驗嗎？」

「……嗯。」

「難怪你還不懂。聽好了，所謂的那個行為，並不是只有把棒子塞進洞裡。」

我有一點明白佐爾達特想說什麼。

的確是那樣，嗯。如果不是那樣，那方面的片子不可能演個兩小時，也不可能推出各式各樣的種類。

「換句話說？」

「……來試著交給專業人士吧。」

在佐爾達特的提議下，我們決定前往娛樂地區。

羅森堡的娛樂地區。

這是我第一次前往這裡面被歸類於所謂花街的地帶。

或者，自己以前是刻意避開。

已經將近深夜，路上卻點起火堆，而且行人也不少。

大部分都是男性，但也有不少女性。

我以為女性應該都是娼妓，不過據說也有些女性是以客人身分前來找男性尋歡。只是每個人都濃妝豔抹，實在沒辦法分辨。

不，建築物屋簷下有些人手裡類似香菸的東西正飄出渺渺煙霧，毫無疑問就是從事相關職業的人士吧。身上服裝也很煽情，可以看到胸口外露。根據她們對我……不，是對佐爾達特送秋波的行動，顯然是在拉客。

「我……我是第一次來這種地方。」

「我知道。」

「要……要選什麼樣的對象才好？」

「不，不用在這裡選。講難聽點，這附近的都是些付錢就躺下的傢伙。我是無所謂……但你不一樣吧。」

「……原來如此。」

意思是娼妓也會基於技術等方面而分成好幾種級別吧。

低級別的娼妓沒有技術也沒有其他什麼可言，就只是讓客人可以使用她的身體一個晚上，可說是真正只有在「賣身」的人們。

像這樣的業者，恐怕無法治好我的那個狀況。

「我們要去高級妓院。」

「高級……」

「說是高級，也有很多種類。例如把平常沒機會上到的人物作為商品的地方，或是讓不可告人的變態興趣能得到滿足的地方……甚至有誇張到實在沒辦法說出口的糟糕地方。」

更誇張的糟糕地方嗎……到底是什麼樣的地方？好像能想像到，又好像不能。

「不過，我們要去的地方是標準的高級妓院。會有受過確實訓練的專業人士以最棒的技術帶你前往天國，就是這樣的地方。」

光聽就會讓人感到興奮。

前世的我和那種地方無緣。並不是沒有興趣，不過我記得自己好像批評過，去那種地方是一種很蠢的行為。太嫩了，實在是太嫩了。

相較之下，我現在滿心只有期待。

然而我的胯下似乎不那樣認為，依然保持沉默。

「佐爾達特……先生是不是……常去那種地方呢？」

「不用加先生啦……嗯，是男人都會去吧，一般來說。」

「可是，你的隊伍裡不是也有女性成員嗎？」

「我們的隊伍……正確來說是整個集團禁止相關行為。因為我們再怎麼說都是以冒險者的實力為基準來招人的隊伍。所以有規定一旦發現隊伍內有男女成員在交往，就會立刻要求當事者退出集團。因為這種事有可能演變成引起是非的禍根。」

「啊，原來是那樣。」

前世的網路遊戲中，男女關係也是造成糾紛的原因之一。例如參加現實網聚後發現隊友很漂亮所以引起競爭，或是交往以後進展不順導致團隊內氣氛尷尬等等。有時候還會出現那種類似人際圈粉碎機的傢伙。

不過，這裡不愧是異世界。畢竟大家都是活人，也會實際面臨生命危險。所以，關於這方面會仔細設下規定，尤其是那種大規模的集團。

「不過就算再怎麼規定，男性跟女性同生共死好幾天後，不會自然發展出那種關係嗎？」

「會啊，所以我們經常在更換成員。只要發現那種氣氛，隊長就會立刻把人換掉。」

「可是已經組隊一段時間了，要是換成新人，協力互動那些要怎麼辦？」

「關於那方面，因為我們是拿團隊提供的基礎戰術來自行改編，所以只要稍微練習一下就沒問題。是啦，那樣還是會花上一段時間。所以像我這樣的隊長會積極地鼓勵成員前來這種地方。好了，我們到了。」

講到這邊，佐爾達特停下腳步。

眼前有一棟漆成紅色的建築物，在篝火的照耀下顯得格外豔麗。

這外觀會讓人覺得門檻有點高。

如果是平常，我絕對不會靠近這種地方。至於進去裡面？那更是沒有可能。

「嗯，跟我來。」

不過，只是跟在佐爾達特的背後就能跨過這道門檻，實在不可思議。

「Stepped Leader」由佐爾達特來擔任隊長。我曾有一段時間無法想通為什麼這麼討人厭的傢伙會是隊長，不過現在總覺得沒來由地可以理解。

怎麼說呢……佐爾達特的背影給人一種易於跟隨的感覺。

或許和蘇珊娜的背影有點類似，就是那種會受到引導的感覺。

「別那麼緊張。啊，你有錢吧？」

「我……我想應該夠。」

入口有類似價目表的東西，我已經確認過即使是最高價的項目，自己現在的錢包也能充分因應。

「你存了不少錢吧，只來一個晚上應該沒問題。不過要是迷上這裡想每晚都來光顧，事情可就難辦了。」

進入內部後，可以看到以紅色為基調的高雅裝潢。

右邊是櫃台，左邊有六名身穿禮服的女性分別坐在椅子上。

所有人都跟站在外面的女性們不同，沒有濃妝豔抹，而是採用保留自然部分卻能顯示出性感與煽情魅力的上妝法。會讓人想一直看著她們，這也是技術吧。

禮服和椅子都只需看一眼就知道都是高級品。

正如高級娼妓這名稱，散發出一種精品感。

「……這禮服看起來很驚人呢。」

「嗯，聽說那些禮服是來自阿斯拉王國的進口貨，而且是真正的貴族用禮服。不過好像不是以整塊布料或整件禮服的狀態進口，而是根據部位裁切成一片片，運送到這邊之後才縫製成整件衣服。透過這種方法來避開關稅，才能以便宜價錢帶進此地。」

「你……你真清楚。」

「這是我之前來這裡時聽說的情報。好像是利美特商店內一個叫塞倫特(Silent)的人想出的辦法，而且利美特商店能拓展規模正是要歸功於此。」

「是……是喔。」

平常我應該會對這些內容有興趣，但是現在沒有那種餘裕。

佐爾達特往右邊直直前進，來到櫃台前把手肘撐了上去。

「喲。」

「哎呀，這不是佐爾達特大人嗎，歡迎光臨。啊……但是您平常特別眷顧的那女孩已經被預約了……」

「我今天喝酒就好，不過同伴是第一次，你跟他稍微說明一下。」

佐爾達特從櫃台前退開，推了推我的背後。

我乖乖被他推到櫃台前方。

站在櫃台裡面的人是一個看起來非常斯文的男性，臉上掛著笑容，以恭敬的態度對外表顯然是個小孩的我鞠了一躬。

「初次見面，誠心感謝您今日光顧本店『薔薇盛開之館』。在下名為布洛芬，擔任本店的老闆。」

「啊……你好，我是魯迪烏斯．格雷拉特。」

「噢！您是那位『泥沼的魯迪烏斯』！在下久仰大名！」

哪方面的大名？

有點想知道，又有點不想知道……

「您今天是第一次……恕在下冒昧，是要『破身』嗎？」

「啊，不，不是。」

「是這樣嗎，那麼，在此為您說明本店的制度。」

於是，這個叫布洛芬的傢伙開始對我詳細解釋這家店的制度。

在這家妓院裡，首先要從櫃台對面展示的女性中選出一人。

根據支付的費用，能和那名女性共度的性服務內容也不同。每個性服務裡都有能實施的行為和不能實施的行為，禁止強行要求不能實施的行為。當然會拿到一份列表，但基本上客人不需要介意哪個能做哪個不能做，因為女性已經把列表內容完全熟記。

一開始要先去這間店設置的浴室洗個澡，然後會被帶往房間。

先前選擇的女性會在房間中等待，接下來就是兩人的時間，可以自由利用。

只要是列表上明記的事項，女性會聽從客人的所有要求。

如果提出沒有在列表上的額外要求，女性會表示拒絕，那時必須遵守。

萬一客人堅持，女性會接受客人的要求，但是要另外計算追加費用，必須事後支付。

不肯支付的場合，據說店內也有對應的手段。

費用是先付七成，剩下三成和追加部分都是事後結清。

「好了，你要選哪個？」

我很乾脆地支付費用。在佐爾達特的建議下，選了最貴的服務。理由是多方嘗試各種花樣應該比較好。

接著，我開始品評被展示出的女性。

由於已經先支付部分費用，所以可以靠近觀察，也可以碰觸她們的身體進行確認。

女性有各式各樣的類型，有看起來比較成熟的人，也有比較稚氣的女孩。只要我一靠近，每個人都露出甜美的笑容。那是一種要不是待在這種地方，就會讓人誤以為對方是否愛上自己的笑容。

有四張椅子空著，大概是已經在應對客人了。

不過，要我去摸對自己露出笑容的女孩並進行確認，好像有點……

「那……我要選她。」

最後，我選了從左邊數來的第二個女性。

年齡大概是二十歲前，身高比我高一點。胸部很大，腰肢纖細，但是屁股也相當渾圓有肉。

長相是阿斯拉人那一型，眼型橫長，眼角略為下垂，給人個性有點好強的印象。

還有一頭顏色雖然有點黯淡，但呈現波浪捲的紅髮。

總而言之，是個整體看起來有點像艾莉絲的女性。

「我叫艾莉潔，請多指教。」

連名字都像。

不，這應該是花名之類吧。

「可以請問主人您尊姓大名嗎？」

「啊，我叫魯迪烏斯，魯迪烏斯·格雷拉特。」

回答之後，她臉上閃過驚訝的神色，但立刻換上笑容。

「那麼，魯迪烏斯大人，請多多指教。」

她給我一個簡直會讓人融化的甜美笑容，然後轉過身子，前往別的房間。

「那麼，你加油吧。等時間到了我就會回來。」

「啊……嗯。」

佐爾達特這樣講完，就帶著最右邊的女性離開了。

突然只剩下自己一個人，實在不安。

「這裡是浴室，在這邊的時間不會列入費用，請您慢慢享受。」

我甩開不安，跟著店內的帶路人走進深處。

浴室裡有一個裝滿熱水的木桶，以及身上服裝跟內衣沒兩樣的兩名少女在等待我。

這兩個女孩看起來都很年幼，感覺似乎還沒度過青春期。

她們默默洗著我的身體。

這兩個女孩可能是這家店的學徒之類吧。我指的是那種現在還不能接客，但每天都在鍛鍊技術的娼妓預備生。

這兩個發育尚未完全的少女把我全身上下每個角落都清洗乾淨。

如果胯下是正常狀態，我這個不聽話的調皮孩子恐怕已經開心到發抖，還直指著天空吧。

然而，那裡依舊保持沉默。

不只身體，連頭髮也被洗好，牙齒也被刷過，全身都清潔溜溜後，對方告訴我只要穿上店裡提供的內褲和襯衫，就可以拿著放有衣服和貴重物品的籃子前往五號房間。

所以我離開浴室，通過不同於來路的另一扇門。

接著經過狹窄的走廊，前往五號房間。有貼心地註明是五號所以很容易找到。

順便一提，六號以後的房間似乎在二樓。

我心驚膽跳地打開門。

一想到這扇門後方有一個只要符合規則，今天晚上我可以對她做任何事情的女性在等待，理論上應該會感到很興奮才對。然而，我重要的小子仍然沒有反應。

「……打擾了。」

我進房時忍不住這樣說。

房間裡很昏暗，光源只有幾個燭台以及桌上的蠟燭。

在微弱的光線中，可以看到一張有頂蓬的大床，還有身上穿著薄衣的艾莉潔正站在床邊等待。

「在此等候您已久。魯迪烏斯大人，請過來這邊。」

艾莉潔帶著溫柔的微笑靠近，挽住我的手臂。

和莎拉明顯不同，具備強烈存在感的胸部貼到我的手上，讓心臟開始加速。

「您要立刻開始嗎？還是想先聊聊天呢？」

「啊……呃……」

「您有點緊張呢。既然這樣，先聊一會兒吧。請別擔心，夜晚還很長，不需要焦急。」

嗯，這就是專業人士。

艾莉潔以讓我能體會到這一點的身段和語調，讓我來到椅子上坐下。

接著她動作熟練地把放在桌上的酒倒進事先準備好的杯子裡。

「您要不要來一杯酒？」

「啊……嗯，我要喝。」

在她的勸酒之下，我直接把整杯酒喝乾。

腦裡原本閃過艾莉潔自己怎麼不喝的疑問，但立刻想起列表上好像有註明店內女孩基本上不喝酒。當然，如果客人要求喝酒，她們也會配合，不過我記得有看到提醒那樣可能導致技術降低和舉止變粗暴的注意事項。

既然這樣，總之我自己喝吧。

從酒館前來這裡的路上，我的酒醉已經完全醒了。接下來很重要，接下來是無論如何都要借用酒醉衝動的時刻。

「這是來自阿斯拉王國的點心，您要不要嚐嚐？」

「啊……好。」

同樣依言吃起點心後，艾莉潔輕輕笑了。

「我以前就聽說過魯迪烏斯大人的名字。」

「噢……嗯，是啊，我在冒險者公會裡有打出名號。所以，妳果然也是從其他冒險者那裡聽說的嗎？」

「不，是妹妹說過您以前曾經免費為她施加治癒魔術。」

「以前……」

「聽說是冬天，進行除雪工作時的事情。」

「噢。」

話說起來，好像發生過那種事。

「從事冒險者工作的客人在我們像這樣打扮整齊，臉上化妝，和他們肌膚相親時會表現得非常溫柔，但是當我們不是這樣時，卻有很多人會變得非常粗暴。尤其是那些還是學徒的年幼孩子們，身上沒有錢，又穿著破爛，經常會被當成孤兒……我想客人們一定從來沒想過，那樣的孩子們在長大後，就會像我現在這樣接待客人，成為陪伴他們的對手。」

孤苦無依的孩子們有什麼出路嗎……

的確，會想那麼遠的人並不多吧。

小巷裡的髒兮兮孤兒和妓院裡接客的漂亮女性，看起來是不同世界的生物。

可是，如果仔細觀察，說不定我會發現在浴室幫自己洗澡的那兩個女孩，和白天在小巷裡看到的那些孩子們長得非常相像。

「嗯，大概是那樣吧。因為我啊……沒錯，我也以為那些孩子是孤兒。」

「不過，魯迪烏斯大人和其他人不同。對於自己認為是貧困孤兒的對象，您還是基於善意伸出援手，沒有要求任何回報，實在是非常了不起。您知道在我們之間，決定如果有一天您大駕光臨，就要服務得比平常更慎重仔細的想法已經傳開了嗎？」

這些話再怎麼說都只是奉承吧。

不過聽起來還是很順耳。

「能陪伴這樣的您共度春宵，我一定會遭到其他妓女的嫉妒。」

「不，呃……那個，我能再喝一杯嗎？」

「是，請用。不過，您可不能喝到倒下喔。因為今晚真的還很長，請您不要享用酒，而是

要享用我喔。」

「啊……那是當然，嗯。」

吃吃喝喝之後，我又覺得自己有點醉了。順便說一下，在這段期間，艾莉潔一直坐在我身邊，緊貼著我的手臂，時時摸著我的大腿和接近胯下的地方，然後好像還講了些：「好吃嗎？」「您酒量真好」之類的發言。

我覺得那些行為本身讓人很舒服，甚至有點認為就這樣繼續下去也不錯。然而，我當然不打算一直保持這種狀態。既然也已經醉了，那就試著行動吧。

「那個……是不是差不多可以開始了？」

「是。」

我開口要求後，艾莉潔放開我的手臂，起身並移動到我面前。

「魯迪烏斯大人要幫我脫嗎？」

「啊？咦？不……不了。」

「是。」

艾莉潔以非常妖豔的動作脫去身上的薄衣，就像是要勾引我。

「那麼魯迪烏斯大人，我們到床上去吧。」

我目不轉睛地盯著全身一絲不掛的她，然後兩三下就被脫去內褲，帶往床上。

「我會全心全意來服務您。」

這一幕非常夢幻又充滿快感，宛如身在夢境。

這樣一定行得通。

甚至讓我產生這種想法。

直接說結論，還是不行。

「沒能派上用場，真是萬分抱歉。」

上床之後，艾莉潔立刻注意到我的狀況。她立刻低頭謝罪，並問我要不要換一個人。

雖然那樣也可以，不過我又覺得好像很過意不去，所以向她解釋了內情。

於是她鼓起幹勁，使出渾身解數，連不包括在性服務之內的各種行為都做了。

一言以蔽之，非常美妙，真的很舒服。自己徹底實際體驗到所謂的專業技術。

然而，這種舒服感卻沒有結果。我的那裡還是一派平靜，簡直就像是那玩意兒已經脫離身體了。

做得越多反而越感空虛，甚至覺得自己距離真實越來越遠。

就這樣，時間到了。

「不……我想艾莉潔小姐真的非常努力。」

「但是，那個……該怎麼辦呢……」

「我會付錢。啊，服務以外的費用也只要說一聲，我會一起付款。」

「不，額外部分不必付錢，因為那是我基於善意的行動。」

嗯，的確我沒有主動提出要求。

可是，總覺得好像讓她做了一些不拿錢實在做不出來的行為。

「真的可以嗎？」

「我先前說過的事情是真的喔。就是如果有一天魯迪烏斯大人您大駕光臨，我們會服務得比平常更慎重仔細的那件事。」

「啊，是這樣嗎？」

「只是我聽說您年紀尚輕，所以認為會是很久以後才發生的事情……」

意思是雖然要打對折，但那些話依然有一半是出自真心嗎？

「那……我就恭敬不如從命。」

「因為的確沒能讓您滿足，可以允許我至少送您前往花街外嗎？」

「啊……好。」

我按照指示，和艾莉潔一起離開房間，在狹窄的走廊上移動。

半路上，突然感覺到有人在看自己的我回頭一看，發現有幾個年幼少女正走進我們先前使用的房間。看她們手上拿著掃除用具，想來事後收拾也是她們的工作。

我對其中一個少女還有印象。

應該是我幫忙治好凍傷的那孩子。

「剛才說的事情原來是真的。」

「您之前不相信嗎？」

「我以為那只是嘴上講講的奉承話而已。」

如此回答後，艾莉潔用手指在我的上臂畫起圈圈。

「……老實說，有一半是奉承。」

「我想也是。」

「不過十年後，等那孩子開始接客，我想到時提供給魯迪烏斯大人的服務一定就不是奉承了。」

這話的意思是在叫我成為回頭客嗎？還是隨便聽聽就算了吧。

我一邊這樣想，同時經由走廊回到大廳。

最後結帳時並沒有打折。

也對啦，畢竟對於櫃台人員來說，我那裡有沒有站起來與他們無關。

只是基於艾莉潔的主動申請，追加了事後陪伴時間。意思是接下來艾莉潔算是無薪可領吧？

「聽說佐爾達特大人在隔壁喝酒。」

我跟著這樣說的艾莉潔前往隔壁的酒館。

兩邊大概是由同一個老闆經營，可以從妓院內部直接過去。

如果不從事行為，好像會被帶來這裡，然後可以和那些在年齡上已經合格，但是卻被判斷成要作為主力接客還為時尚早的女孩——也就是娼妓見習生們一起喝酒。

這些見習生會在這種地方修行，學習如何像艾莉潔這樣流暢地吹捧奉承客人的對話技巧吧。當然，想必也會在其他地方接受指導。

「所以啊，我就說了：『正面的魔物，我會全都一擊解決。你們只要專心對付從旁邊和後面過來的敵人就好』。」

「哇！佐爾達特大人好帥！」

「是吧？是吧？很帥吧？」

佐爾達特待在酒館深處，正在兩個女孩的服侍下，心情很好地喝著酒。

「哦？泥沼，結果怎麼樣？」

但是我一靠近，他立刻撐起身體，擺出要聽我說明的動作。

「嘗試了各式各樣的辦法……還是不行。」

「是嗎……不行啊。」

佐爾達特搔著腦袋，嘆了一口氣。

「該怎麼辦才好……」

他雙手抱胸思考起來。

我已經有一半放棄了。或者該說，要是再繼續下去，精神方面似乎會徹底崩潰。

「我說，那邊的小姐，妳怎麼看？」

「我嗎？」

佐爾達特一邊煩惱，一邊找艾莉潔加入話題。

「您問我怎麼看……只能說我能力不足，實在非常抱歉。」

「和其他客人相比如何？有沒有什麼讓妳在意的地方？」

「……和其他客人相比……這……」

「沒關係，妳說吧。」

艾莉潔瞄了我一眼，顯得有點躊躇；佐爾達特以強硬語氣繼續追問。

「魯迪烏斯大人……那個……感覺會害怕女性。不管是和我說話時，還是看著我或碰觸我的時候，都顯得戰戰兢兢……」

「噢……」

「如果有不會讓魯迪烏斯大人感到害怕……認定自己絕對不會被對方討厭的人，那麼或許……」

「你有認識那樣的人嗎？」

我搖了搖頭。

腦中閃過洛琪希的臉孔，不過大概不行吧。

因為講到洛琪希，是我在這世界上最尊敬的對象，也是整個宇宙中最不想被討厭的對象。

根本是和條件完全相反的存在。

「我想這種對象並不是立刻就能出現，必須慢慢培養感情……」

「也是啦……」

我聽著兩人的對話，同時喝了口酒。

佐爾達特以認真表情和艾莉潔討論，也以認真表情動腦思考。

「總之，你今天就喝吧，喝到倒為止。」

「……好。」

聽到佐爾達特這句話，我也坐了下來。

「抱歉，兩位客人，敝店差不多要打烊了。」

結果，我一直喝到酒館打烊。

佐爾達特和艾莉潔都在旁邊相陪到底。

「唔……都這時間了啊……」

「嗯……」

「我送您一程。」

我和佐爾達特站起來後，艾莉潔過來挽住我的手。

然後我們結了酒館的帳，離開店內。

不知何時，天空已經泛白。天亮了。

那次救了莎拉回到城鎮時，也是已經黎明。真是討厭的回憶。

「嗝……啊，喝了喝了，今天喝太多了……」

「嗯……」

真的喝了很多。

我已經醉到不行。腳步搖搖晃晃，還覺得世界一直在轉圈，完全搞不清楚哪邊才是前方。上方是下面吧？那右邊又是哪裡？

如果沒有抓著艾莉潔，我根本沒辦法走路。

呼呼呼，要借酒裝瘋摸摸她的屁股～摸啊摸啊～

哎呀，不過話說回來，我沒想到自己這麼能喝。不，說不定是這個身體的酒量很好。不過酒量再好，喝了那麼多還是會變成這個樣子。

「我說，魯迪烏斯……」

「啥～？」

「我啊，去探索迷宮時，會控制自己不要心急。」

「嗯？」

雖然不知道為什麼佐爾達特要突然講這些，但我還是繼續聽下去。

「所謂的迷宮，只要往越下面的樓層前進，就會出現越強的魔物。有時候，魔物之間甚至會聯手攻擊。在那種時候，要是因為心急而冒然蠻幹，只會讓我方受到更大的損害。所以啊，要先在上面一點的樓層找那種可以從容對付的魔物，一邊確認隊友間的互動，然後慢慢適應。也有不少魔物會在好幾個樓層裡出沒，所以這種做法非常有效，嗯。」

「……嗯！有效！」

雖然我不太能理解他講這些話是什麼用意，總之先隨口回應。

簡單來說，就是要在前一個樓層先仔細觀察魔物的動作，習慣之後再往下一步前進吧？嗯，這招有用！

「那個女孩……是叫莎拉吧？我說你跟她，是不是太快了？」

「太快？什麼東西太快？是啦，我是很快，但是跟莎拉那次根本沒有快慢可言啊。」

「我不是指那種快！雖然對方啊，已經事先做好覺悟和準備，但是你這邊啊，是不是必須多花一點時間，先處理一下所謂的心理準備才行啊？」

「不，什麼覺悟跟準備……我不是跟你說過了嗎，她說她根本沒有那種念頭，只是啊，基於義務，所以才願意陪我啊～」

「不～對～在我看來，那個弓箭手看起來的確迷上你了啊～」

我們彼此都口齒不清，不過還是勉強繼續對話。

可是，佐爾達特到底在說什麼？

他說莎拉真的有迷上我？

那，意思是莎拉說那些話只是因為害羞？

的確，冷靜下來回想，感覺那些話聽起來也頗有傲嬌的風格。

可是我還是不太能理解她在那個時候擺出傲嬌態度的理由。

不，果然還是不對。要是莎拉真的迷上我，怎麼可能在那時候講出「倒楣透頂」這種話？

「算了，你還有時間吧？那麼再去見她一次，試著以不經意的態度，好像什麼事都沒發生的態度去找對方搭話不就得了？如果那樣似乎行得通，就試著慢慢展現出更多你的本性，這樣不就好了？」

「也對……啦……」

我用已經酒醉的腦袋思考。

的確，有些事情不實際溝通一下就無法了解。

和佐爾達特像這樣講開了之後，讓我自然而然地體認到這一點。

果然人類需要對話。要是不互相交流對話，就無法理解彼此的事情。

「我知道了～那麼，我看看今天傍晚或明天就會試著去找她。」

我記得「Counter Arrow」的人們說過今天因為有委託，所以要一大早就離開城鎮外出。看這天色，我想他們早就出發了吧。咦？是說那個委託，我是不是也要參加？

哎呀，這下臨時放了他們鴿子呢。

「那麼，我只能到這邊……魯迪烏斯大人，您沒問題嗎？」

來到娛樂地區的出口附近後，艾莉潔放開我的手臂。

柔軟又溫暖的東西突然消失，讓我感到自己身體有一邊變得寂寞。

「嗯～沒問題沒問題，我可是……魔術師！解毒魔術……是小事！」

「真的不要緊嗎？」

「嗯～不要緊～不過啊，艾莉潔，最後啊，可以讓我捏一捏妳的胸部嗎？」

「…………好的，請吧。」

「非常～感謝～！」

我稍微享受了一下。當然，我的兒子依然蹲著。

沒錯，它只是蹲著。

為了全力往上跳躍，必須先蹲低姿勢。所以，這只是一種準備動作。嗯，沒錯沒錯。

「今天沒辦法讓您滿足……但是請您以後再光臨。」

最後，艾莉潔在我臉頰上吻了一下，接著退後幾步，低頭行了一禮。

「好～！」

儘管心裡覺得自己大概再也不會來了，但我還是如此回答。

說不定是因為內心某處有著哪天治好以後就要再來光顧的念頭。要再一次看看最後摸過的那胸部，而且下次還要跳得很高。

「那，我們回去吧！佐爾達特！」

「好，我說你，一定要去談談啊！」

「我知道啦我知道！」

結果，這次的行動沒有意義。不過，我並不覺得是白白浪費錢。

畢竟不管怎麼說，和艾莉潔共度的這個晚上，給了我一種類似安寧的感受。

因為就算少了那種透過脊椎反應的東西，用手去碰然後很舒服的事情還是真的很舒服。

「你真的知道嗎？其實啊，我今天……」

佐爾達特話講到一半，突然停下腳步。

「就說我知道嘛！嘖，真是囉唆～不過啊，要是那樣還是不行，就算了吧～畢竟那種像小鬼一樣的女人，我這邊才想說敬謝不敏呢！果然女人就是要像艾莉潔那樣波濤洶湧才行！」

「……」

「我說，佐爾達特，你也有同感吧？去買東西然後吃飯……這些行為很蠢吧！很像是在扮家家酒吧！」

「……不，泥沼，你別再往下說了。」

「什麼東西往下！沒有往下也沒有往上！莎拉是小鬼！艾莉潔是大人！這已經是決定事項！」

我看向佐爾達特的臉，想知道他先前到底想講什麼。結果卻發現他露出一臉覺得糟了的表情，正目不轉睛地看著前方。

前方，在他的視線前方。

站著兩名女性。

其中一人是蘇珊娜，她裝備著鋼鐵製的護胸和護手，一身即將要外出冒險的打扮。

另一個人是莎拉。

她身上裝扮也看得出來即將要去冒險，但是雙眼有點發腫，還帶著明顯的黑眼圈。就像是哭了一整晚……

然後，她們兩人正在看我。

露出像是驚訝，又像是愣住的表情。

「這下不妙」的想法剛從腦中閃過，莎拉主動靠近。

跨著大步，相當迅速。

「莎拉，不是，剛剛那是……」

我原本開口叫她，卻在看清莎拉的表情後又把話吞了回去。莎拉的臉冷若冰霜，表情宛如戴上面具，看著我的視線也極為冰冷。

注意到莎拉靠近，佐爾達特迅速退開。

——啪！

安靜的娛樂地區響起清脆的聲響。

我的臉頰受到火熱的衝擊，轉向旁邊。

「……爛人！不要讓我再看到你！」

我保持把臉轉開的姿勢，聽著這句話。等到我把頭轉回來時，莎拉已經跑回蘇珊娜那邊。

或許是我多心，但蘇珊娜的表情似乎也很嚴厲。

「我說你，這實在太扯了。」

蘇珊娜以刻意壓低但能讓我確實聽見的音量說了這樣一句，然後把手放到掩著臉的莎拉肩上，和她一起離開。

「……」

我不明白發生了什麼事。

醉意瞬間消失無蹤。

我往佐爾達特那邊看去，發現他正抬著頭，把手蓋在臉上。

不過，只有一件事情很清楚。

我被拒絕了，被莎拉完完全全徹徹底底地拒絕。

自己剛才的發言，只是借酒裝瘋的胡亂放話。

然而，對莎拉來說那根本不是重點。她聽到我說的話，然後認為再也不想看到我。

對，她甚至說了再也不想看到我。

可是，我和莎拉都是冒險者，只要待在冒險者公會就有機會碰面。只是莎拉她一旦見到我，肯定每次都會露出厭惡的表情。

說不定連蘇珊娜也會擺出類似表情。

不只蘇珊娜，還有提摩西跟帕特里斯也是。

他們都會變成佐爾達特之前在冒險者公會裡對我的那種態度……

我屈膝跪倒在地，實在沒辦法繼續站著。

「……啊……啊……」

不行了，自己無法再撐下去。

花了一年，好不容易……好不容易才培養起交情。若結果還是會變成這樣，那我受夠了。

「死吧。」

我從懷裡拿出小刀，抵在脖子上。

下一瞬間，手腕受到衝擊，我不由得放開小刀。

是佐爾達特用手刀敲擊我的手腕。

「白痴！別這麼衝動！剛剛只不過是有點小誤會！是啦，原本要跟一個女性上床，結果當天晚上卻和其他妓女從花街走出來，還講了原本那女性的壞話，這樣被對方誤會也是理所當然。而且看那兩個人的打扮，顯然是一大早有委託還特地跑來找你……總之，你現在立刻追上去好好解釋，還有機會挽回。好了，所以說你快點站起來，跑去追啊！」

「那種事情已經無所謂了，我……夠了……已經什麼都不想做了……嗚……」

「啊……你別哭啊……沒想到你是個愛哭鬼……」

看到我抽抽噎噎地哭了起來，佐爾達特拍了拍我的肩膀。

「那……要不然，你乾脆回家一趟如何？然後找你老爸或老媽，也不用所有事情都老實說出來，總之跟他們撒個嬌。啊，你媽現在失蹤吧？那你爸目前在哪？阿斯拉王國嗎？」

「……在米里斯，他在米里斯神聖國尋找菲托亞領地的失蹤者。」

「啊……這樣行不通呢……實在太遠了。」

佐爾達特搔著後腦，開始沉思。

的確，回去或許也是一種選擇。

受到如此嚴重的打擊，我根本沒有力氣繼續自己一個人去做任何事。

回到保羅身邊，和莉莉雅一起照顧諾倫以及愛夏然後開始新生活，我想也是不錯的做法。

到頭來，我一個人根本沒辦法做到任何事。

雖然精神上已經一把年紀，結果還是一副遜樣。不管過了多久，都是這種沒用德性。

可是，再怎麼說米里斯都太遠了。

無論怎麼趕路，從這裡前往米里斯都要耗費一年以上的時間。

保羅他們也有可能會移動，一個不好，說不定會彼此錯過。

自己沒辦法帶著這已經崩潰的精神支撐那麼久。

我已經不行了。

「那，你要跟我們一起來嗎？」

當我腦中冒出這個念頭時，佐爾達特突然說出這句話。

「……咦？」

「聽說在涅里斯公國那邊找到了大規模的迷宮，『Thunderbolt』旗下的隊伍中，有好幾組都收到要求去攻略那裡的命令。我們也是其中之一，所以打算今天之內就出發。你要跟嗎？」

我感到很混亂。

今天之內……意思是，佐爾達特把出發前的最後一晚花在我身上？

「可是，要我組隊……」

「你可以不用加入，我只是問你要不要和我們一起移動。如果你真的那麼害怕跟那些傢伙見面，只要前往新的地方，尋找新的對象就好了吧？畢竟女人跟天上星星一樣多……你想怎麼做？」

「……」

我緩緩抬起頭。

佐爾達特正看著我，那張臉還是老樣子，看起來嘴巴很毒。

但是，他的眼神非常認真。

「你……為什麼……要為我做到這種地步？」

「也沒啥理由。」

「可是你討厭我吧？」

「是啊，我討厭那種臉上掛著噁心笑容，講話畢恭畢敬好像自己是個好人的傢伙。只要看到那種人，我就想揭發出對方的本性。不過，我已經摸清你的本心了。也知道你那樣做是有充分的理由，所以可以接受。既然如此，我沒有理由繼續討厭你。」

是嗎？

原來佐爾達特已經不再討厭我了。

「原本以為你會因為我找碴而翻臉，結果卻像個小孩哇哇大哭。所以啦，就算是我也會覺得過意不去。因為我明明很清楚每個人都有不想被他人碰觸的部分，但自己還是一直去刺激那一塊。」

「……」

我覺得自己對佐爾達特有很嚴重的誤會。

用容貌和第一印象來自行決定一切，然後主動保持距離，主動逃避。而且我也曾懷疑過很

多次，為什麼由這樣的傢伙擔任隊長，他們的隊伍還能正常運作。

不過，這傢伙是個超乎我想像的好人。

既然如此會照顧人，還願意幫忙思考該如何解決他人的問題，成為S級隊伍的隊長也是理所當然的事情。

嗯，當然他也有缺點。例如過去面對我的態度，就是他不好的部分。

不過對於佐爾達特這種行為，隊伍成員只是以苦笑因應。換句話說，佐爾達特的優點足以讓他們願意包容。

「所以，你要怎麼做？」

聽到佐爾達特的提問，我思考了一會兒。

總之，我想離開這個地方。

要是拖拖拉拉結果又遇到莎拉，我想自己必定會再次極度消沉。

我對那種情況只有滿心的恐懼。

「……我要去，請帶我一起走。」

我很明白自己接下來的行動是一種逃避。

即使如此，我還是想離開這裡。

到了新天地之後，我無意尋找新的對象。

我已經受夠了。我不想承受這種痛苦，然後和哪個人建立起親密關係。

一旦離開這裡，我覺得自己的毛病就無法治好。

如果可以……我當然是想治好……

不過沒關係，這樣就好了。

仔細想想，從前世開始，自己和這方面就沒啥緣分。事到如今，就算要捨棄這方面活下去，也不會有任何問題。畢竟不能做也不會死。

「好，那就走吧。」

聽到佐爾達特這句話，我緩緩起身，看著升起的朝陽，在心中發誓。

從今以後，自己再也不會特別依賴單一隊伍。

★莎拉觀點★

另一方面，在雙方偶遇後，莎拉滿心憤怒。

而且也受到打擊。

甚至對魯迪烏斯·格雷拉特這個少年產生強烈的憎恨感。

「真是不敢相信！不敢相信！不敢相信！」

現在時刻是午後，在打了魯迪烏斯一巴掌後，已經過了相當長一段時間。

莎拉目前待在距離羅森堡約有半天路程的河川旁邊，負責護衛在此捕魚的人們。

這是C級的委託，危險度低，魔物也不多。

因此，工作內容相當清閒。

在這段閒閒沒事做的時間內，莎拉一直在痛罵魯迪烏斯。

「已經和我進行到那種……那種程度了，到底是怎麼樣……！真是差勁透了！大爛人！」

莎拉很不甘心。

因為她喜歡魯迪烏斯。

一開始，莎拉的確看魯迪烏斯很不順眼。然而在雙方第一次聯手承接委託後，她自然而然地理解到魯迪烏斯絕對不是一個壞人。

不過，那時的評價就只有這種程度。

一個明明擁有壓倒性的實力，卻隱瞞這事實的懦弱貴族小孩。

莎拉內心對魯迪烏斯的評價大概是這種感覺。

應該是在加爾高遺跡那次，這種評價才有了改變。

為了讓自己等人逃走，他居然什麼都沒說就自願殿後，還差點被一大群雪龍獸淹沒。憑魯迪烏斯的實力，明明應該有辦法一個人逃走，他卻優先幫助「Counter Arrow」脫身。

這時，莎拉雖然還是不懂魯迪烏斯為什麼要隱藏實力，卻明白他是寧可犧牲自己也要幫助他人的人。

那次之後，莎拉內心對魯迪烏斯的感情慢慢改變。

她開始漸漸會去注意魯迪烏斯的發言與行動。

莎拉找了各式各樣的理由來否定這些變化。

就像是在告訴自己，因為自己討厭出身於貴族的冒險者，不，根本是討厭貴族本身，所以當然也討厭魯迪烏斯。

這些否定很牽強，莎拉的內心某處也有察覺到魯迪烏斯其實和自己討厭的存在並不相同。

後來發生托里亞森林那件事，導致莎拉再也無法完全否定。

即使說是轉機也可以吧。在森林裡快要喪命的時候，看到隻身一人前來救援的魯迪烏斯，讓莎拉終於承認。

承認自己不討厭魯迪烏斯，不僅如此，甚至還對他抱有好感。

承認自己其實喜歡魯迪烏斯。

察覺到這一點後，莎拉的行動很積極。

她積極地找魯迪烏斯一起參加委託，積極地找他說話。

聊得越多，莎拉對魯迪烏斯越有好感。

而且看著魯迪烏斯的表情，她明白自己大幅增長的好意有傳達給對方。

所以，莎拉下定決心要邀請他約會，然後進行到最後一步。

由於不敢直接告白，因此利用他救了自己這事以作為幌子。但是莎拉內心已經做好決定，要是雙方真能結合，要坦白表露自己真正的心意。

正因為如此，莎拉才會受到這麼大的打擊。

看到魯迪烏斯對自己的身體沒有反應，莎拉深深受挫。

雖然魯迪烏斯看起來對自己抱著好意，似乎也接受了自己的好意，但實際上，他並不覺得自己有任何魅力。莎拉感覺似乎被迫面對這個事實，因此大受打擊。

如果那時莎拉有仔細觀察魯迪烏斯的表情，應該會發現其實魯迪烏斯也深受打擊，這結果並非出自他的本意，讓他滿心不安。

然而莎拉是第一次，沒有那種餘裕。

她光是要說出保護自己內心的發言並且逃離現場，就已經盡了全力。

後來莎拉哭著逃回自己的旅社，哭著對蘇珊娜說明前因後果，哭著勉強撐過一個晚上，才積極地決定從明天起要再加把勁。

可是，魯迪烏斯隔天並沒有出現在集合地點。

前往旅社接他後，老闆說魯迪烏斯昨晚出了門就沒回來；找路人探聽後，得知魯迪烏斯被佐爾達特不知道帶往何處的情報。

魯迪烏斯……正確說法是「Counter Arrow」和佐爾達特的關係很差。

擔心魯迪烏斯被捲入什麼事件，或是遭到佐爾達特動用私刑的莎拉和蘇珊娜開始追尋魯迪烏斯留下的蹤跡……

結果她們在娛樂地區的入口附近，目擊魯迪烏斯被紅髮高級娼婦親吻的場面。

根本沒什麼好大驚小怪，魯迪烏斯只是因為無法從莎拉身上獲得滿足而跑去召妓。

佐爾達特也在旁邊，很明顯兩個人都喝得爛醉。

在這種情況下，魯迪烏斯還說出那番話。

莎拉看到這一幕，聽到那些話，得出一個結論。

魯迪烏斯整個晚上肯定都和佐爾達特一起找妓女尋歡作樂，喝著跟自己這群人在一起時完全不碰的酒，還拿莎拉的身體有多寒酸多不值得出手作為助興的話題，嘻笑一番。

這只是她的被害妄想。

只要整理自己所知的情報，莎拉應該能明白這些妄想絕對不是真實。

然而莎拉受到的打擊嚴重到甚至讓她辦不到那種事。

內心的好意徹底翻轉，化為滿滿憎恨。

如果她能再長幾歲，能和再多一點的各式人物交友往來並接觸他人想法，或許莎拉這時能夠冷靜思考。

然而她畢竟只是十六歲的少女。

是斷定自身所見所感就代表一切的年齡。

而且，一直以冒險者身分過活的她並不了解當感情滿溢而出時，該用什麼方法去抑制。

也不明白自己有個壞毛病，那就是會用成見與謊言來自己欺騙自己。

「……我說，莎拉。」

和莎拉相比，蘇珊娜比較成熟。

蘇珊娜看到和佐爾達特在一起的魯迪烏斯，產生有點不同的感想。

雖然她當時在那裡講了那種話，但經過一段時間冷靜下來以後，她察覺到果然還是有哪裡不太對勁。

也察覺到自己認識的魯迪烏斯和當時的情境並不吻合。

至今為止，蘇珊娜曾經多次目睹因為發生什麼事情而造成誤解的場面。所以，她能理解堅信「眼見為實」的行為具備了何種危險性。

話雖如此，她還是有看出魯迪烏斯恐怕做了什麼對不起莎拉的行徑。

因此蘇珊娜並沒有試圖調停，而是暫時往安慰莎拉的方向行動。

「我們啊，會不會有點誤會？」

「什麼叫誤會！我……他和我明明……結果卻在那種地方，拿我跟那種妓女比較……」

「我說妳也想想，魯迪烏斯他是那麼討人厭的傢伙嗎？」

不過到了經過一段時間也冷靜下來的現在，她已經轉換方向，試圖讓莎拉重新思考。

「他肯定是一直隱瞞著本性！我跟你們都被騙了！搞不好連在加爾高遺跡那次，那傢伙跟『Stepped Leader』也是串通好的！」

只是莎拉根本聽不進去。

「哎呀……」

不知道該拿她怎麼辦的蘇珊娜聳聳肩。

畢竟蘇珊娜本身對男女關係也不是很熟悉，所以找不出該對莎拉說什麼。

「怎麼了？」

莎拉掩飾不住自己對魯迪烏斯的滿心憤怒，蘇珊娜面對這樣的她則不知道說什麼才適當。

主動開口找她們搭話的人是提摩西。

「是不是差不多也該告訴我到底發生什麼事了？」

「莎拉，可以只講一些無傷大雅的部分嗎？」

以莎拉來說，就算提摩西是隊長，實在也不願意跟他提及自己和男人間的糾葛；然而她也覺得繼續這樣拖累隊伍氣氛不是辦法，只能微微點頭同意蘇珊娜的提問。

「其實啊——」

蘇珊娜壓低音量，把前因後果告訴提摩西。

她極力避免講得太過露骨，也盡量注意要保持客觀立場。

過了一陣子，提摩西抬起頭說道：

「去找佐爾達特或那位娼妓打聽一下詳細情形應該會比較好吧。」

「可是，佐爾達特他討厭我們。」

「他討厭的只有我，還有也討厭魯迪烏斯……可是，你們卻看到他和魯迪烏斯一起行動。

所以，說不定是魯迪烏斯引發什麼問題，佐爾達特想要幫忙解決。的確佐爾達特的嘴巴和態度都很差勁，不過我也有聽說過他很會照顧人。要是佐爾達特的個性真的很差，想來無法勝任那個身經百戰的Ｓ級隊伍『Stepped Leader』的隊長吧……而且，如果魯迪烏斯想汙辱莎拉，不需要做那麼拐彎抹角的行動吧。只要讓男人事先躲在房間裡，或是在小巷裡……」

「提摩西，我懂了，你別再說了。」

「嗯。」

聽完提摩西這番話，莎拉抬起頭。

的確，之前情緒太激動而亂成一團，但是按照順序思考後，她開始覺得事情似乎正如提摩西所說。

那天晚上，因為覺得自己沒用又悲慘所以無法注意周遭，不過魯迪烏斯似乎也很消沉。說不定，那個結果對魯迪烏斯來說也是一種不可抗力。

「那，回去以後就由我來打聽一下吧。」

「不，我自己去找魯迪烏斯直接再問一次。」

如果只是自己太早下判斷而造成的誤解，要好好道歉。

莎拉如此決定。

然而當他們一行人回到城鎮後，已經四處都找不到魯迪烏斯的蹤影。

他不在冒險者公會，也不在旅社裡。

「泥沼？不知道耶，我今天沒看到他。」

「喔……」

沒能找到魯迪烏斯的莎拉往娛樂地區移動。

現在雖然是差不多該開店營業的時刻，傍晚的娛樂地區裡卻還沒有客人上門，路上行人稀稀疏疏。

在這種狀況下，莎拉到處打聽魯迪烏斯的下落。

或許她心裡抱著魯迪烏斯可能又跑來此處的想法。

去了幾間妓院之後，她發現一個正在幫忙準備開店的女性。

「啊……妳是……」

「咦？噢……」

那正是艾莉潔。

當然，莎拉不知道對方叫什麼名字，不過知道她是娼妓，也看到她最後親吻魯迪烏斯臉頰的場面。

「我說，妳知不知道魯迪烏斯去哪裡了？」

「這個嘛……我不知道，沒有在冒險者公會裡嗎？」

突然的來訪者讓艾莉潔皺起眉頭。當時莎拉有看到艾莉潔的臉，然而艾莉潔並沒有注意到莎拉。

「他不在公會裡。昨晚他不是來妳這裡嗎？妳知不知道什麼消息？」

「噢……妳就是莎拉嗎？」

不過，艾莉潔很快就察覺眼前的女性是哪號人物。

就是魯迪烏斯昨晚提過的那個女性吧。

「找到他之後，妳打算做什麼呢？妳想繼續把他逼進死巷裡去嗎？」

艾莉潔以嚴厲的表情瞪著莎拉。

一想到身為妹妹恩人的魯迪烏斯是基於何種理由前來這間妓院，又是以何種表情何種心情回去，艾莉潔就無法停止自己的行為。

「什麼逼迫，我只是想問清楚昨晚到底……」

「好啊，我來告訴妳吧。」

艾莉潔抱著要譴責莎拉的心態，講出昨晚從魯迪烏斯那裡聽到的事情。

原本無論如何都不該透露客人的相關情報，然而艾莉潔認為這是絕對要告訴眼前女人的事情。

「……不舉？」

聽完事情始末後，莎拉不解地歪了歪腦袋。

她不知道原來有不舉這種概念。

「是男性的那裡沒辦法站起來的疾病。明明他非常煩惱也極為痛苦，妳到底還想再跟他說什麼？」

「不……」

「如果妳之前沒有發現那孩子內心受傷，就證明妳要作為他的對象還為時過早。是不是彼此保持距離會比較好呢？」

「嗯……是啊……」

莎拉沒有反駁語帶責備的艾莉潔，只是轉身離去。

她走出娛樂地區，垂頭喪氣地踏上歸程。

「噢，妳回來了，莎拉。我剛剛聽說魯迪烏斯好像今天早上就離開這城鎮了，妳想怎麼做？要去追他嗎？」

「……不必了。」

蘇珊娜待在旅社中等待，但莎拉還是帶著一臉憂鬱回到自己房間。

接著她倒到床上，開始回想到底發生了什麼事情。

莎拉認為自己受了委屈，然而得知魯迪烏斯也受到傷害後，她非常煩惱。

一直煩惱到時間已過深夜，最後喃喃說了一句：

「如果可以，至少想說一聲對不起。」

即使嘴上這麼說，莎拉依然不敢追上去。

她害怕魯迪烏斯不肯接受自己的道歉，害怕被拒絕。

而且非常後悔自己居然讓魯迪烏斯體會到類似的心情。

接著，莎拉察覺到魯迪烏斯沒有跟自己等人商量過半句話就啟程離開的行為本身正是一種拒絕，忍不住低聲啜泣。

最後莎拉在床上縮成一團像是一隻烏龜，完全無法動彈。

到了黎明時分，明白黑眼圈一定很嚴重的莎拉也理解到自己被魯迪烏斯甩了，終於從床上起身。

她一邊意識到這場戀情已經結束，一邊望著上升的朝陽。

心裡想著……要是哪一天能夠再度見到魯迪烏斯，自己至少要道歉。

還要坦率面對——

終章

後來的一年多裡，我跟著佐爾達特走過各式各樣的城鎮。

從涅里斯公國的第三都市多姆開始，到「Thunderbolt」作為根據地的涅里斯公國首都裘蘭扎，還有位於拉諾亞王國邊緣的都市卡里安……

我們遊走於魔法三大國的各處，在那裡，我再度和佐爾達特分開行動。

話雖這麼說，其實我做的事情和待在羅森堡時幾乎並無二致。

和其他冒險者組成臨時隊伍，提供協助，同時請他們幫忙推廣我的名聲。

我想其他地方終究不可能像羅森堡的冒險者公會那樣對我睜一隻眼閉一隻眼，所以對象的層級是B到S級。

有時候也會幫忙佐爾達特他們承接的委託，然後以每個地方只待兩三個月的快節奏，不斷移往各個城鎮。

「Stepped Leader」的成員們完全沒有對我表現出冷淡態度。

反而以欣然的反應……正確說法是以一種彷彿在表示：「噢，佐爾達特又撿了什麼東西回來啊」的表情來接受我。

聽說他們其中有幾個人的境遇也和我類似，後來被佐爾達特收留。

現在這些人已經理解我的目的和行動，和我保持不近不遠的距離。

至於「Counter Arrow」一行人後來怎麼樣了？這點我並不清楚。

離開之後，我沒有打聽他們的情報。

說不定他們已經找到新的成員，也有可能覺得這附近的工作太辛苦，所以回阿斯拉王國去了。

老實說，如今冷靜下來以後，我其實也不是不覺得當初應該和莎拉稍微再談一下或許會比較好……

不過以結果來說，我想這樣就好。

現在演變成我一開始假設的發展，自己的名字總算傳遍了魔法三大國的每個角落。

儘管並非像待在羅森堡時那樣，連娼妓都聽說過我的名字，不過我還是成功獲得十分足以用來找人的知名度。

和莎拉以及「Counter Arrow」之間的關係，並不符合我的目的。

像那樣拖拖拉拉地繼續下去，我就不會前往其他城鎮，也會陷入停滯吧。

這樣一想，其實沒什麼不好。

關於自己連招呼都沒打就離開那裡的行為，雖然有一點點感到遺憾的部分，然而沒有必要不惜承受極大壓力也要去找他們和解。

我要尋找塞妮絲，自己應該要只專注於這件事情上面。

現在不該把心思花在艾莉絲或莎拉等跟女性有關的問題上。

至少要先找到塞妮絲，然後再去煩惱那方面。

如此判斷後，心情也一口氣變輕鬆。

對現在的我來說，和女性之間的關係並非絕對必要的事物，既然沒有必要，也不用那麼執著。

最近即使在冒險者公會裡碰到女性冒險者開起帶有誘惑傾向的玩笑，或是幫忙的對象稍微表現出有意勾搭的意思，我也能夠還算巧妙地應對過去。

儘管是個辛酸回憶，不過和莎拉的事情成了一次經驗。

如果是以前的我，肯定會重複好幾次只要有女性主動靠近就樂昏頭，心想這次絕對要成功並邀請對方上床，結果卻因為胯下的廢物而遭受重大打擊的愚行吧。當然，要是廢物哪天又能派上用場，肯定是一件天大的喜事，不過說真的，那其實也是一種偏離我現在目的的事情。

當然，我並沒有徹底看開。

偶爾還是會回想起來。

回想起和艾莉絲的第一次體驗，莎拉那柔軟但有彈性的身體，還有艾莉潔的服務。

所以，等找到塞妮絲之後……

我想要再去尋找能治好不舉的方法。

從魔法三大國往東。

在立足於北方大地的小國之一的冒險者公會裡。

有兩名男子正在交談。

「這國家也快完蛋了。」

「你怎麼知道？」

「因為居民的表情都死氣沉沉，而且，聽說宰相贊成發動戰爭。要是一個國家已經走投無路到只剩下戰爭這個手段，基本上可以預想到下場。」

「啊……我可不想被戰爭波及，看來差不多該前往別國了。」

「果然還是西邊比較好嗎……」

「雖然試著離開魔法三大國，結果還是沒碰上啥好事。」

這兩人是冒險者。

除了這兩人，在這個冷清的冒險者公會裡只剩下一組每個人都表情陰沉的純男性隊伍，還有另一個似乎正在櫃台打聽什麼的金髮女子。

告示板上幾乎看不到委託單。

這是因為居民過於貧困。不但生活捉襟見肘到連支付委託報酬都有困難，再加上這裡的冒險者數量很少，即使提出委託，到頭來也總是流標，所以根本沒有人提出委託。

冒險者公會門可羅雀。

這國家以前並不是這樣，建國時甚至被視為北方大地數一數二的強國。所有人都認為此國會順勢支配整個北方大地。

然而後來並沒有演變成那種結果。

在北方大地，要經營一個國家是極為困難的事情。

這裡農作物無法生長，有大量魔物出沒，而且鮮少有旅客前來。除非這國家像魔法三大國那樣致力於促進魔術發展，或許也會有哪裡不同。

但是這國家並沒有發展出任何事物，只會消耗原有的資源。

到了現在，這國家甚至連該消耗的東西都蕩然無存。

很遺憾，這國家已經走上滅亡之路。

只要再過一段時間，或許鄰國就會對這個國家挑起戰爭，或是這個國家會主動對其他國家發動戰爭，還有可能是這個國家自己掀起內亂。不管怎麼樣，領導者都會遭到撤換，版圖也會改變吧。

那樣一來，雖說冒險者公會應該能再度復甦，但在那之前，最好的下場大概是被激動的士兵殺掉。以冒險者來說，當然會想在國境被徹底封鎖前動身，前往其他國家。

這兩名冒險者也打著這種算盤。

「講到魔法三大國，之前我有聽到一個奇妙的傳言。」

「奇妙的傳言？」

「好像有個厲害的魔術師會到處找其他冒險者臨時組隊。」

「這有什麼奇妙。利用那種方式來賺點外快的人不是挺多的嗎？依據短期間的契約來組成隊伍之類。」

「不，就是這裡不一樣，聽說那人並不是想賺錢。我是不清楚原因啦，但那個傢伙好像幾乎不拿錢。」

「照你這樣講，總之只是那傢伙弱到沒資格分帳吧？」

「不，不是那樣，聽說那傢伙強得誇張。」

「強得誇張？」

「聽說只是加上那傢伙一個人，就以不到二十個人的隊伍成功擊退脫隊龍。」

「……真的假的？」

「很奇妙吧？那樣的人居然還以冒險者身分四處亂晃。正常來說，應該早就被哪個國家聘用了吧。」

「既然如此，這只不過是謠傳吧……話說，那個人叫啥？」

「呃，我記得是……『泥沼的魯迪烏斯』。」

「泥沼？聽起來很遜……」

當男子發表這感想時，突然有個影子落到桌上。

他回頭看向造成影子的原因，只見先前在櫃台和接待人員交談的女性正以優雅姿勢站在自己面前。

對方是長耳族。

這兩個男子瞬間就看穿她是一流的戰士。

因為女性雖然擁有纖細苗條的體型，然而藏在體型下的肌肉以及表現出的一舉一動，正具備了身經百戰的風範。

「……嗚喔。」

可是，這到底是什麼呢？

這種來自女性身上，讓人無法聯想到戰士的豔麗氣息。

「可以詳細請教剛剛的事情嗎？」

女性把手指搭在嘴唇上，以可以形容為性感的表情如此發問。

「剛……剛剛的事情是指什麼？」

「關於『泥沼的魯迪烏斯』這位冒險者的謠傳。」

「就算妳這麼說，我也不是很清楚……」

冒險者有點語無倫次。

他無法確定自己現在到底是受人質問，還是正在被誘惑。

「你能不能想出些什麼？例如他最後是在哪裡被人看見……之類。」

「啊……呃，我想想……」

「加油喔，如果你能想出來，我的身體可以隨便你處置。」

聽到這句話，男子的腦袋全力運作。

男人是一種單純的生物。

只要明白這不是質問而是誘惑，腦袋就會為了獲得想要的東西而工作。

雖然他腦中的某個角落也在懷疑應該不可能有這種好事，然而男子的自制心並沒有強大到可以無視在眼前垂下的誘餌。

「啊，我想起來了！是巴榭蘭特，巴榭蘭特公國的第三都市丕平。」

「哎呀，是嗎。謝謝你。」

女性嫣然一笑，接著低聲說了一句：「總算找到了。」男子並沒有聽到這句話。只是，女性也沒有特別再開口，而是主動握起男子的手。

「那麼，我們走吧。」

「去……去丕平嗎？」

「怎麼可能。是為了支付情報費，去你的房間……還是說你喜歡在外面？」

「嘿……嘿嘿……妳這女人居然如此淫蕩……」

「這一位也請一起來。」

女性被兩名男子帶進房間。

不，這種情況或許該視為是她主動跟著他們前往對方的房間。

畢竟在三人之中，最想要那種行為的人其實是這個女性。

之後，這兩名男子會度過甚至讓他們覺得那天的事情可能只是一場夢的春宵一刻，然後因為無法忘記那一晚的經歷而留在這個國家尋找這名女性，因此遭到戰爭波及，不過此事就按下不表。

「快了呢。」

至於女性這邊，在度過能夠滿足的一夜後，就帶著水嫩光澤的肌膚，動身前往巴樹蘭特公國的第三都市丕平。

女性的名字叫作艾莉娜麗潔·杜拉岡羅德。

她繼續前進，為了一個目的。

為了把「已經找到你母親了」這句話帶給魯迪烏斯·格雷拉特。

外傳

「拉諾亞魔法大學的支配者」

拉諾亞王國。

即使在魔法三大國中，此國的魔術教育也特別發達，還多次培育出優秀的魔術師。大約一百年前，身為魔法三大國同盟盟主的拉諾亞王國為了讓三國之間的關係能夠更加強固穩定，建立了一個城鎮。

那就是魔法都市夏利亞。

這座魔法都市夏利亞裡存在著三個國家都引以為豪的三個組織，涅里斯公國的魔道具工房，巴榭蘭特公國的魔術公會，以及拉諾亞王國的魔法大學。

其中以魔法大學最為有名。

據說魔法三大國的宮廷魔術師，阿斯拉王國魔術學校裡的教師，還有其他在世界各地闖蕩出名號的冒險者全都就讀過這所學校。

連那位被吟遊詩人作成詩歌傳唱的冒險者洛琪希．米格路迪亞也是這所學校的畢業生。現今，這裡的學生人數已經超過一萬名，而且不只能學習魔法，還能學習到所有一切知識，成為世界上數一數二的大規模學校。

那麼，在這樣的魔法大學中，目前就讀著一名學生。

名字叫作愛麗兒．阿涅摩伊．阿斯拉。

★★★

「啊！愛麗兒會長，您早！」

「早安！」

風和日麗的春天早晨。

在連接魔法大學宿舍與校舍之間的林蔭道上，響起充滿朝氣的聲音。

「莎莉雅同學，莎莉雅同學，兩位一切安好。」

回答這些聲音的人是一位擁有飄逸金髮的絕世美少女。

除了只要走在路上就能贏得百分之一百回頭率的容貌，再加上全身散發出的領導者魅力，讓這個少女看起來十分耀眼。

「哎呀？」

她以笑容回應和自己打招呼的同學，然後突然把手伸向對方。

「莎莉雅同學，妳的領口不整齊喔。」

「咦……啊……」

「好，這樣就沒問題了。因為妳長得很漂亮，要記得注意自身儀容。」

「啊……是！」

少女紅著臉點頭後，美少女也滿意地點點頭，講了句：「那麼請保重，再會」之後，邁步走向校舍。

被留在原地的少女愣住一陣子之後，才猛然轉向剛才和自己一起致意的朋友，開始蹦蹦跳跳。

「我被愛麗兒會長摸到了！她還說我漂亮！說我漂亮耶！」

「真好！好羨慕喔！」

愛麗兒面帶微笑聽著少女們吱吱喳喳的尖叫聲，同時繼續沿著通往校舍的道路往前走。

只要看到她，學生之間就會引起一陣騷動。

「快看，是愛麗兒會長呢！她不管什麼時候都這麼美。」

「要不要試著跟她打招呼呢……」

「笨蛋，憑你怎麼可能讓她看得上眼。」

不管是男性還是女性，每個人看到她都會發出感嘆。

在所有人都穿著相同制服的情況下，只有愛麗兒散發出光彩，宛如不同於其他人的存在。

「看，是路克學長！還有菲茲學長！」

「好帥喔……」

「果然他們三人站在一起就像是一幅畫呢！」

不，並非只有愛麗兒一個，連跟隨她的兩名隨從也是眾人羨慕憧憬的目標。

把亮栗色的頭髮全都往後梳的美男子，路克・諾托斯・格雷拉特。

還有一頭白髮剪得很短，臉上帶著厚重墨鏡的少年，菲茲。

這樣的美男子與美少年，跟隨著被視為這學校第一美女的愛麗兒。

這幅光景會讓人光是旁觀就感到情緒被帶動，也足以在他人心中種下「這些人是比自己更高次元的存在」這樣的觀念。

「我說，你們知道嗎？聽說愛麗兒大人在尋找優秀的人才。」

「為什麼？」

「說是要在她回國時作為心腹部下。」

「咦！好棒喔！我也可以去自願報名嗎？」

「就說憑妳現在的成績根本不可能啊。」

「接下來好好努力吧～」

承受羨慕視線的三人是這間學校裡眾所矚目的焦點。

在春天溫暖陽光的照耀下，他們看起來比冬天時又美上了數倍。

每一個學生都堅信三人是宛如太陽的存在，擁有光輝燦爛的未來。

為什麼這三個人會被學生崇拜到這種地步呢？

是因為外貌出眾？還是因為能力優秀？

當然，這些也是原因之一，然而關鍵原因卻不一樣。

要問愛麗兒是在何時確立如今的地位，首先要回溯到幾年前。

★　★　★

幾年前。

愛麗兒·阿涅摩伊·阿斯拉在阿斯拉王國的政治鬥爭中落敗，只能逃離母國。

雖然有聲稱她已經死亡的說法傳出，然而受到刺客追擊的愛麗兒最後總算還是逃進拉諾亞王國，獲得該國庇護，然後按照當初的預定，成功進入魔法大學就讀。

當然，她並沒有放棄回阿斯拉王國東山再起。

為了應該還留在阿斯拉國內支持自己的皮列蒙·諾托斯·格雷拉特，愛麗兒認為必須盡早回國才行。

然而，如果光是回去，顯然只會重蹈之前的覆轍。

因此，愛麗兒想在這個位於拉諾亞王國魔法都市夏利亞的魔法大學中尋找優秀人才，再藉由把多名人才送進阿斯拉王國的行動來打破現狀。

為了達成這個目的，愛麗兒決定要提昇自己在學校內的發言影響力。

也就是要進入拉諾亞魔法大學的學生會。

魔法大學的學生會並沒有特別被允許進行自治，也不具備強大的權力。然而毫無疑問，學生會是一萬名學生的中心，同時也是頂點。

學生會對學生有著高影響力，對於想要在學生中提早找出並掌握優秀人才的愛麗兒等人來說，這個事實非常有利。

愛麗兒一行人不但對自身目的具備明確自覺，再加上原本能力就很優秀，因此在短時間內嶄露出頭角，才一年級就獲准加入學生會。

「雖然成功加入學生會，但是還不可以鬆懈。因為這只是最初的第一步。」

進入學生會後過了幾個月，實際感覺到地盤逐漸穩固的愛麗兒在自己的房間裡集合所有隨從，召開作戰會議。

「是。」

她有四名隨從。

路克・諾托斯・格雷拉特。

埃爾莫亞・布魯沃夫。

克麗妮・艾爾隆德，

還有，菲茲。

原本將近二十人的隨從大多在路上遭到刺客殺害，減少到僅剩四人。

「接下來只要使用學生會的名義，找出優秀人才，然後一一招攬就可以了吧？」

「不，光是那樣做並不夠。」

聽到菲茲的發言，愛麗兒搖頭否決。

「我最終的目標是想把這國家的重要人物以及魔術公會都拉攏過來。」

拉諾亞王國的重要人物和魔術公會。

對於從拉諾亞王國吸收魔術教育理論的阿斯拉王國來說，這些都是具備巨大影響力的存在。

「不過，若要他們插手在阿斯拉王國的政爭中提供協助，想來必須展現出相稱的事物。」

「相稱的事物……是指金錢嗎？」

「不，是力量。」

對於歪著腦袋表示不解的菲茲，愛麗兒溫柔一笑。

「想要成為阿斯拉王國國王的我如果只是『學生會的一分子』，他們恐怕絕對不會提供協助。至少要是『能夠左右學生會的存在』，換句話說，我必須成為學生會長。」

贏得學生會長這個地位，這正是力量的保證。

如果宣稱想在阿斯拉王國這個世界最巨大的國家中爭得至尊之位，實際上卻連拉諾亞魔法大學這種小型社群的頂點都無法取得，根本一切免談。

這是愛麗兒的想法。

「會長是明年，副會長是後年畢業。我想配合這時程，以先成為副會長，再當上會長為目標。」

「是，我認為這樣很好。因為愛麗兒大人您是天生領袖，藉由展現出『成為學生會長是理所當然』，『回國之後當上國王也是理所當然』的態度，應該會讓那些對自己有信心的優秀人物主動前來投靠吧。而且，我等也想獲得那樣的人才。」

路克表示同意後，其他人也點頭附和。

入學後過了半年，他們還沒有找到同伴。

靠著天生的領導者魅力，以及才一年級就進入學生會的表現，讓他們贏得了學生的好感，但也僅只如此。

雖然有特別注意的優秀人才，然而還沒到達可以邀請對方加入陣營，毫無隱瞞地解釋現狀，並且在阿斯拉王國一起並肩作戰的地步。

而且，這種人才願意主動投靠的狀況才符合他們原本的期望。

「需要壓倒性的差距嗎……」

「是啊，既然當上學生會長是理所當然……那麼可能的話，希望在投票時可以獲得壓倒性的差距……」

埃爾莫亞把手抵在下巴上這樣說道。

拉諾亞魔法大學的學生會採用任命制。

由學生會長選出自己覺得適當的人才，並任命對方成為學生會幹部。

只有會長一職是在前任學生會長退役那一刻起，其他的學生會幹部全都會自動成為候選

人，再由全校學生投票決定出會長。

這是魔法大學的首任校長制定的規則，也是持續到現在的習慣。

正因為會進行這樣的投票，學生會才沒有被視為只有自家人的集團，學生會長也被當成學生的頂點。

話雖如此，愛麗兒還是一年級學生。

等現在的副會長在明年當上學生會長，在後年畢業並舉行投票時，支撐學生會至今的幹部們……那些已經升上六年級或七年級，又有實際成績的對手將會阻擋在她面前吧。

候選人不能辭退。

如果想辭退，必須在當初被任命為學生會成員時就先行辭退。

因此沒辦法從現在開始提早運作，想辦法把那些人拉下舞台。

競爭對手是在學生會裡服務數年，已經被其他學生記住名字的學生會前輩。就算愛麗兒能選贏，想來也是險勝吧。

當然，就算是險勝，三年級就當上學生會長依舊是優秀的成果。雖說還算不上特例，不過應該能在人們心中留下：「不愧是愛麗兒，不愧是阿斯拉王國公主」的印象吧。

只是，這並非壓倒性的傑出。

和歷代學生會長同水準就沒有意義。

在一年級加入學生會，在二年級成為副會長，在三年級以壓倒性的差距成為會長。

對愛麗兒來說，這是最理想的順序。

不，不是理想，就算更正成絕對條件或許也沒有問題。

要是連這點程度都辦不到，想回阿斯拉王國重振旗鼓恐怕只是痴人說夢。不，即使做到那樣，有可能還是不夠。

「……搞不好必須索性做到在二年級就當上會長的程度，否則還是不行呢。」

突然喃喃講出這句話的人是菲茲。白髮少年雙手抱胸，兩眼透出嚴厲神色。

「哎呀，菲茲真是講了嚇人的意見。你是要我找機會超過副會長嗎？」

雖然像這樣召集眾人開會，然而愛麗兒其實已經事先打點好副會長。

在下次的選舉中，她會推舉副會長。

雖然是選舉，但獲得其他候選人的推薦可以提高得票率。

因為自己本來想要投票的候選人一旦講出支持其他人的發言，就會讓人在心情上想投給被推薦的人。

愛麗兒才一年級就擁有四名優秀的部下，還靠著壓倒性的領導者魅力贏得一年級學生的高好感度，此外在實務能力方面也毋庸置疑。不僅如此，她藉由承諾會在選舉時推薦目前的副會長，換取對方保證會在自己當上學生會長時任命愛麗兒成為副會長。

簡而言之，這是捨棄第二年的做法。然而正是因為愛麗兒對自己有充分信心，認為只要在二年級時確實做好事前打點並留下重要成果，到了三年級時必定能當上學生會長，所以她才會

採取這種行動。

「我認為和副會長合作的方案頂多只能當成保險，應該要想辦法達成更有效果的目標才對。」

菲茲的意見非常正確。

即使回顧魔法大學的漫長歷史，恐怕也找不出在二年級就當上學生會長的人吧。

例外是只有第一任學生會長是在一年級時就任，不過那無非只是因為當時全校也僅有一年級學生，實在不能算數。

那麼，如果愛麗兒能在二年級時以壓倒性差距打敗目前被視為絕對會成為下任學生會長的人物並坐上會長寶座，那麼她的名聲想必能傳遍整個魔法都市夏利亞，甚至有機會傳進魔法三大國的重要人物耳裡。儘管有人可能會認為這不過是一間學校裡發生的事情，然而魔法三大國以及魔術公會的重要人物中，有不少人都出身於魔法大學。那些人平常或許沒在關心學校的事情，然而一旦發生魔法大學創校以來從未有過的特殊事件，很有可能會引起他們的關注。

而且其中應該也會有人認為這情報如果是事實，那麼來此留學的阿斯拉王國公主想必是個了不得的人才，並非一般的學生會長，所以為了將來考量，至少該先見上一面。

若是真能那樣發展，愛麗兒就能往目的更靠近一步。

「你的意見的確沒錯……但是菲茲，沒有任何策略的話，無法贏過那位副會長喔。」

現在的副會長為了能確實當選，跑來找愛麗兒事先交涉，讓她做出願意幫忙推薦自己的承諾。雖然做出這種事，現在的副會長依舊是相當優秀的人物。就算沒有愛麗兒的推薦，他也能以些微差距贏過其他候選人吧。

相較之下，目前愛麗兒在學生之間的知名度還相當低。

「嗯，關於策略，其實我有一個好提案。」

「說來聽聽。」

愛麗兒雖然對菲茲的回答感到意外，不過還是端正坐姿，豎起耳朵。

「呃……愛麗兒大人，最近不是有人刻意刁難您嗎？」

「嗯。」

沒錯，最近這陣子，愛麗兒經常碰到刁難。

大概是從她剛加入學生會那時開始，接連發生走在路上會有人突然把痰吐到她面前的地上，還會有人來撞她的肩膀，或是在進行魔術訓練時會有人故意把水球丟到她身上等狀況。

儘管對方一開始裝成只是偶然，但愛麗兒很快就發現這些都是刻意的行為。

畢竟，這些刁難越來越過分。

講到最誇張的行為，是愛麗兒在晚上陰乾的貼身衣物被偷走，還被扔到男生宿舍的門口附近。

由於這實在是做得太過火，因此愛麗兒派出菲茲與埃爾莫亞進行調查……

「查到主謀者是誰了，是莉妮亞和普露塞娜。」

「……原來是她們兩個嗎？」

莉妮亞．泰德路迪亞。

普露塞娜．亞德路迪亞。

這兩人是獸族之王「德路迪亞族」的公主。

千里迢迢從可說是和拉諾亞王國位於對角線上的大森林來到此處後，兩人因為是德路迪亞族而獲得必要以上的吹捧，再加上本身也有實力，很快就得意忘形。之後又受到學校的開放風氣影響，因此品行變差。

變成身體健康但行為不良的少女後，她們成為受到全校學生畏懼的兩人組。

兩人隨時率領著長相凶惡，人數將近有二十名的獸族跟班。只要走在路上，所有人都會讓路；要是有人膽敢和她們視線相對，就會當場把對方痛毆一頓。

魔法大學的校方對於這兩人的惡行也感到有點頭疼。

因為再怎麼說未免都過於破壞校內秩序，如果可能的話，校方也想處理一下。

然而一旦和身為德路迪亞族公主的兩人對立，毫無疑問就是一種和校內所有獸族學生為敵的行為。

這間學校裡有為數不少的獸族。雖說數量上的確比人族少，但是如果所有獸族都鬧事起來，想必會造成無法估量的損失。

因此校方並沒有出手，一些吃了虧的學生只能忍氣吞聲。

「所以，這件事和你想到的對策又有什麼關係？」

「……要擊垮他們。」

菲茲說完，握緊拳頭。

「現在，這學校的學生都很害怕這些不良分子。只要能解決這個問題，大家應該都會支持愛麗兒大人。」

他的雙眼裡燃燒著熊熊怒火。

菲茲無法原諒那次刁難行為。他敬愛的愛麗兒的貼身衣物居然偏偏被丟到男生宿舍前，甚至還貼心地加上一張紙，註明這是阿斯拉公主的內衣褲。

事件之後，獸族男性經常用下流的好色視線看愛麗兒。

愛麗兒本人似乎完全不在意，但菲茲無法忍受。

「可是菲茲，就算大家再怎麼困擾，要是在校內和他們打起群架，反而是我們的評價會往下跌喔。」

「不要緊，只要想辦法引誘對方主動出手，就可以說是正當防衛，學校方面應該也會站在我們這一邊。而且如果是那些傢伙，大概我一個人出面就夠了。」

聽到菲茲的回答，愛麗兒思考了一會兒。

考慮過後，她看向周圍。愛麗兒之前就已經決定，在猶豫的時候要參考其他隨從的意見。

「我認為可行。那次事件確實不可原諒，如果會演變成戰鬥，我要參加。」

「雖然力量微薄，但我也會幫忙。」

「我也一樣。」

聽到三人強而有力的回應，愛麗兒也回以強而有力的微笑。

「我明白了，既然大家都這樣說……雖然可能會有危險，但我們還是試試看吧。」

就這樣，一行人展開為了讓愛麗兒當上學生會長的作戰計畫。

★ ★ ★

會議後過了大約一星期，作戰正式執行。

時刻是正午，每一個學生都要前往大學附設的餐廳。

莉妮亞與普露塞娜也帶著二十人的跟班出現在餐廳裡。

莉妮亞把手插在口袋裡，而普露塞娜則叼著看起來像是香菸的東西。

兩人的制服都顯得衣衫不整，姿勢也很差。是魯迪烏斯只要一碰到應該就會瞬間轉身面對牆壁，把視線朝向斜下方，避免彼此視線相對的對象，也就是所謂的混混。即使是這個世界，也存在著這類人士。

她們就像是黑社會老大那般走在集團的最前方，以一副旁若無人的樣子，大搖大擺地往前移動。

相較之下，愛麗兒一行只有三個人。

愛麗兒、路克，以及菲茲。

他們裝作是偶然，在餐廳門口和莉妮亞與普露塞娜一行碰個正著。

「……」

「……」

莉妮亞和愛麗兒互相以眼神示意對方閃開後，愛麗兒裝出漠不關心的態度，讓路給她們。

看到這一幕的獸族們紛紛開始竊笑。

「好遜。」

「就算說是阿斯拉王國的公主，也只不過如此。」

「話說起來，她的內褲前幾天被丟在宿舍前耶。」

「她就是用這招勾引男人吧，畢竟人類隨時都在發情。」

獸族們嘻嘻哈哈地笑著。

「別這樣喵。」

「講太多的話她很可憐的說。」

莉妮亞和普露塞娜帶著得意表情隨口提醒其他獸族，然後進入食堂。

嘲笑擁有地位的人會讓人感到愉悅。至於雖然只是表面動作，但阻止這種行為並藉此確認自己的立場比那些嘲笑者更高一層，會讓人更加愉悅。

對方無法反擊。

畢竟這邊有二十個獸族。儘管幾乎都是些和人族的混血，連架都沒好好打過的傢伙，不過數量總能成為力量。他們以二十人這種力量作為武器，把受到學生歡迎的大國公主當成笑柄。

「每天都把男人一個換過一個，雖說是德路迪亞族，終究和一般野獸沒兩樣呢。」

愛麗兒低聲說了一句。

她的音量壓得很低。

真的只是講在嘴裡，所以在場的其他學生完全沒有聽到半個字。

「喂，妳剛剛說了什麼？」

然而，獸族的聽覺比人類優秀數倍，可以聽見遠處的聲音。

因此莉妮亞和普露塞娜的耳朵捕捉到愛麗兒的低語。其他跟班的耳朵雖然沒有她們這麼靈，還是有幾個人聽到了這句話。

「我並沒有說任何話喔。」

「不，我們確實有聽到喵，居然敢講這麼瞧不起人的話。是吧，普露塞娜。」

「真的是法克的說。」

莉妮亞的毛髮都豎了起來，普露塞娜則把叼在嘴裡的東西用力吐出。那原來是雞骨頭，她貪吃到在吃正餐前就先吃起零食了。

判斷對方是在挑釁自己的兩人移動到愛麗兒面前，以額頭幾乎要貼上去的氣勢狠狠瞪著她。

「喂，妳再說一遍呀喵，當著我們的面開口呀喵！」

「要不然就是下跪，躺在地上露出肚臍道歉的說。」

「所以說，我什麼都沒有講。」

面對來找碴的莉妮亞，愛麗兒以堅毅的態度回應。

無論怎麼看，這個光景都是「愛麗兒公主明明什麼都沒有做，莉妮亞和普露塞娜卻刻意在雞蛋裡挑骨頭」。

當然，莉妮亞和普露塞娜在找麻煩的事實不會改變。然而愛麗兒只是看起來什麼都沒說而已，所以這種彷彿是單方面被害者的情境其實有點偏離真相。

「妳是連吵架都辦不到的弱雞嗎喵？」

「是雞的話我就要把妳吃了的說！」

「妳們突然說這些到底是什麼意思……？」

莉妮亞縮起瞳孔，普露塞娜發出低吼。

和兩人對峙的愛麗兒沒有一絲動搖，態度非常堅毅。

「今年的發情期過後，兩位就會生下父親不詳的小孩吧？跟路邊的野狗沒兩樣……」

沒有人能看出愛麗兒嘴唇的動作。

基於阿斯拉貴族的修養，愛麗兒擁有不動嘴唇就能說話的技術。

而這句低聲說出的發言，果然還是只有傳進就在她面前的莉妮亞和普露塞娜耳裡。

「妳這混帳，膽子不小喵！這個挑釁我就收下吧喵！」

「我們要把妳痛打一頓後脫光光再潑水的說！」

看在旁人眼裡，會覺得是莉妮亞和普露塞娜對愛麗兒的態度看不順眼，所以突然翻臉吧。

不過呢，並沒有人覺得這種事有什麼不可思議。因為她們碰到有人對自己講出囂張發言卻不肯道歉的情況時，也是會講出類似的咒罵並出手攻擊對方。

在兩人行動的同時，二十個跟班也展開行動。

「妳說啥！」

「不要命了！」

「給妳一頓教訓！」

他們七嘴八舌地罵著粗話，然後把手伸向愛麗兒。

然而，這些跟班的手並沒有機會碰到她。

「……嗚哇！」

「呃啊！」

因為等到回神時，他們已經飛了出去。

所有人都在剎那間被打飛，一個個摔到地上。

莉妮亞和普露塞娜立刻爬起身子，確認周遭。

「怎……怎麼了喵！」

「是菲茲！是愛麗兒的跟班做了什麼的說！」

不知何時，菲茲已經站到愛麗兒面前。

菲茲。那個跟在愛麗兒後面，一臉道貌岸然的少年。

他在獸族們展開行動的那瞬間，衝到愛麗兒前方，使出無詠唱的衝擊波，把周圍的人全都打飛出去。

「……」

而且挺身而出的人只有菲茲。

愛麗兒依舊婉約內斂地站著，路克雖然把手放到腰間的劍上，不過留在原地沒動。

只有菲茲露出彷彿在表示自己一個人就夠了的表情，阻擋在二十二人面前。

「……」

他什麼都沒說。菲茲很少開口，即使在學生中，聽過他聲音的人也是寥寥無幾。

看到有人阻擋在面前，莉妮亞與普露塞娜改變目標。

「喵啊！」

「吼吼！」

二十二隻獸族都爬了起來，一口氣攻擊菲茲。

「……」

菲茲還是不發一語，甚至沒有離開這個位置。

他只有動用到手。

每當菲茲的手做出一個動作，就會刮起猛烈火焰，或是有冰塊從地面冒出。

這些魔術毫不留情地襲擊獸族，瞬間就把十幾個人一起打飛出去。

「汪汪！」

「凹嗚！」

被菲茲的魔術打中後，那些獸族不是發出小狗般的叫聲並昏死過去，就是逃離現場。

跟班雖然有二十人，但終究只是一群不太習慣打架，也沒有乖乖上課聽講，只是仗著人多勢眾胡作非為的傢伙。

「我要宰了你喵！」

「法克的說！」

不過，只有莉妮亞和普露塞娜不同。

她們即使目睹菲茲的魔術也沒有失去戰意，而是靠著優秀的敏捷度來避開攻擊。

莉妮亞迴避後直接逼近菲茲，普露塞娜則把手放到嘴邊。

「嗚哦哦哦哦哦哦！」

這是在利用特殊聲帶發出的音域上追加魔術效果，瞬間讓對手無法行動的獸族固有魔術。

菲茲流出鼻血，上半身也突然往旁邊倒。

莉妮亞一邊確認，同時用伸長的利爪打向菲茲的臉。

「喵啊！」

一個人使用魔術讓敵人無法動彈，另一個人再出手收拾對方。

這是莉妮亞和普露塞娜的必勝模式。

「……嗚！」

然而下一瞬間，菲茲做出讓人難以理解的行動。

他用雙手用力打向自己的耳朵。

現場響起清脆聲響，菲茲的耳朵噴出鮮血。

同時，莉妮亞也跳向菲茲。

「贏了喵！」

她的爪子逐漸逼近。

然而，在這攻擊看起來要擊中的那剎那，菲茲的身體突然往下沉。

儘管白髮有幾根被切斷，但菲茲還是鑽進莉妮亞的懷裡。

「嗚……！」

他的拳頭狠狠打中莉妮亞的心窩，接著產生衝擊波，讓莉妮亞的身體像木片般飛了出去。

「怎……怎麼會這樣！」

菲茲繼續行動，轉向因為自己的聲音魔術沒有效果而慌張失措的普露塞娜。

普露塞娜急忙做出備戰動作，但是慢了一步。

「呀啊！」

菲茲伸出來的手發出看不見的衝擊波，把她也打飛出去。

普露塞娜撞上餐廳的牆壁，在那裡失去意識。

「咳……咳……」

接著，菲茲來到邊咳嗽邊想起身的莉妮亞面前。

「……」

他一言不發地繼續散發出怒氣。

面對菲茲，感到很驚愕的莉妮亞看向四周。

原本有二十人的跟班已經一個都不剩，可靠的伙伴也張著雙腿，以不堪入目的姿勢昏倒在地。

她瞬間領悟到自己這方已經呈現潰滅狀態，也因此失去戰意。

「是……是我們輸了喵……」

「……」

雖然莉妮亞已經認輸，菲茲還是保持沉默。

他的雙眼被墨鏡遮住而無法看清，但可以感覺到怒氣並未消失。藏在墨鏡後方的情緒，是無法用玩笑這藉口就了事的真正殺意。

菲茲很清楚莉妮亞與普露塞娜做過什麼。

包括對愛麗兒潑水的事情，還有偷走貼身衣物丟到宿舍前的事情。

莉妮亞的自尊心很高，然而並不是足以和性命交換的東西。

「……對……對不起喵。偷內衣的事情我也道歉，就像這樣喵。」

因此，莉妮亞不得不擺出恭順的姿勢。

對獸族來說那是屈辱的姿勢，也就是露出肚子的謝罪動作。

「……」

菲茲對擺出這種姿勢的莉妮亞以及在遠處還沒醒來的普露塞娜都射出一顆水球。

這顆水球幾乎沒有威力，和拿著水桶潑水沒什兩樣。

然而莉妮亞與普露塞娜卻全身溼透，毛髮都貼在身上，成了一副悲慘模樣。

「要是受到教訓，就不准再對愛麗兒大人出手。」

菲茲在最後說出這句話。

幾乎不開口的菲茲。莉妮亞和普露塞娜自不用說，連愛麗兒與路克以外的在場所有人也是

第一次聽到他的聲音。

音調偏高，聽起來像是女性的聲音。

「我……我知道了……」

因為受辱而滿臉通紅的莉妮亞點頭回應。

「菲茲，你辛苦了。那麼我們走吧。」

菲茲退下後，愛麗兒輕輕一笑，接著離開現場，彷彿什麼事情都沒有發生過。

留下來的人只有落湯雞般的莉妮亞和普露塞娜。兩人暫時繼續待在這裡，結果無法承受眾人視線，最後還是離開。

看到這一幕的學生們在不知不覺之間紛紛舉手鼓掌。

這是以旁若無人態度支配學校的不良分子們被一口氣掃清的瞬間。

後來在埃爾莫亞與克麗妮的運作下，指稱莉妮亞與普露塞娜鼓動跟班試圖對愛麗兒做出不軌行為的謠言被當成事實傳播開來……讓參與這次事件的大部分獸族都遭到退學。

如此這般，愛麗兒確立了現今的地位。

因為愛麗兒迫使那些不良學生退學，讓魔法大學恢復和平，長期遭受欺凌的學生們基於感謝，在下次的會長選舉中都投票給愛麗兒。不僅如此，還開始以帶有強烈崇拜的眼神看待二年級就當上學生會長的愛麗兒。

當然，對原本的副會長來說這種情況並不有趣，在學的最後一年中偶爾也會挖苦幾句。不過愛麗兒已經成為壓倒性領袖，菲茲更是單槍匹馬就解決至今為止他都無法處理的莉妮亞與普露塞娜，而副會長並不具備膽敢對抗這兩人的氣魄，最後很乾脆地畢業。

至於被狠狠教訓的那兩人……

「嘖……」

「法克的說……」

總算沒有被退學。

她們的品行並沒有徹底改善，對愛麗兒也依舊充滿敵意。然而目前沒有表現出試圖反抗的跡象，而是作為認真的學生前來學校。

「嘖！給我記住喵！」

「呸！晚上走路最好小心點的說！」

兩人只要看到愛麗兒的身影，就會嘴裡不服輸地咒罵幾句，然後縮起尾巴，垂頭喪氣地讓路。

「……嘻嘻。」

愛麗兒不會多說什麼，只是面帶微笑。

看到這個光景，讓學生們對他們三人投以更強烈的憧憬視線。

即使經過魔法大學中人人畏懼的兩名不良少女身邊，愛麗兒依舊連正眼也不瞧她們一下。

在這間學校裡，愛麗兒已經成為無人可違逆的存在。

★
★
★

這樣的愛麗兒在今年升上了三年級。

按照計畫，由於她在二年級就當上學生會長，得以成功和魔術公會與拉諾亞王國建立起關係。

那些對自己有信心的人才也紛紛聚集到學生會來，他們正在推行把其中特別優秀且人格可以信賴的人選送回阿斯拉王國的計畫。到了明年，大概就可以送出第一批人才。

愛麗兒成為學生會長一年後，一切都順利得幾乎讓人感到驚訝。

「那麼，克麗妮。今年的一年級中有值得期待的新秀嗎？」

「關於這件事，我想今年入學的札諾巴．西隆與克里夫．格利摩爾應該可以期待吧。前者是神子，後者則是在入學時就能夠使用上級魔術。」

今天再度召開作戰會議。

不過地點並不是愛麗兒的房間，而是換到了學生會辦公室。

「是嗎，那麼只要找到機會就和他們接觸吧……有其他特別出色的人嗎？」

「一年級中……恐怕沒有。只是，我想也會有人今後才嶄露頭角。」

「我們還需要更多部下……是不是也去尋求在野人士會比較好呢？」

看到愛麗兒煩惱的樣子，埃爾莫亞舉起手說道：

「愛麗兒大人，我想您會這麼說，所以已經先選出一批據說很優秀的在野人士。」

「不愧是埃爾莫亞，讓我看看。」

「是。」

埃爾莫亞從學生會辦公室的儲物櫃裡拿出一疊紙張，呈交給愛麗兒。

在這份資料中……

「從這些人之中選出幾個人，招攬對方前來魔法大學，然後我等再徹底觀察為人並與其接觸……這種方式如何呢？」

「這樣不錯呢，那麼請立刻進行推選。至於招攬的方法……拜託吉納斯副校長應該是比較妥善的做法吧。」

「是。」

聽到愛麗兒的指示，菲茲與路克也開始研究名單。

這份名單上列有各式各樣的人物。

從居住在魔法都市夏利亞的人物開始，到活躍於魔法三大國的冒險者，甚至連劍之聖地的守護者，劍神加爾・法利昂都名列其中。

「啊。」

看著看著，菲茲突然叫了一聲。

他的手停在某個人物的欄位。

而且瞪大眼睛，抿緊嘴角，發抖的手還因為過於用力，把名單其中一張都捏皺了。

「菲茲，你是不看到什麼感到在意的名字？」

聽到這句話，菲茲用力抬起頭。

他的臉上出現驚訝、困惑，以及喜悅的神色。

「愛麗兒大人……我……認識這個人。」

菲茲手上的名單……

寫著「魯迪烏斯・格雷拉特」這個名字。

無職轉生
到了異世界
就拿出真本事

什麼⋯
弓

莎拉
人物設定草案
莎拉

15歲
穿著長袍
沒穿長袍

權杖
人物設定草案
提摩西&魯迪烏斯

蘇珊娜

佐爾達特
人物設定草案
佐爾達特&蘇珊娜

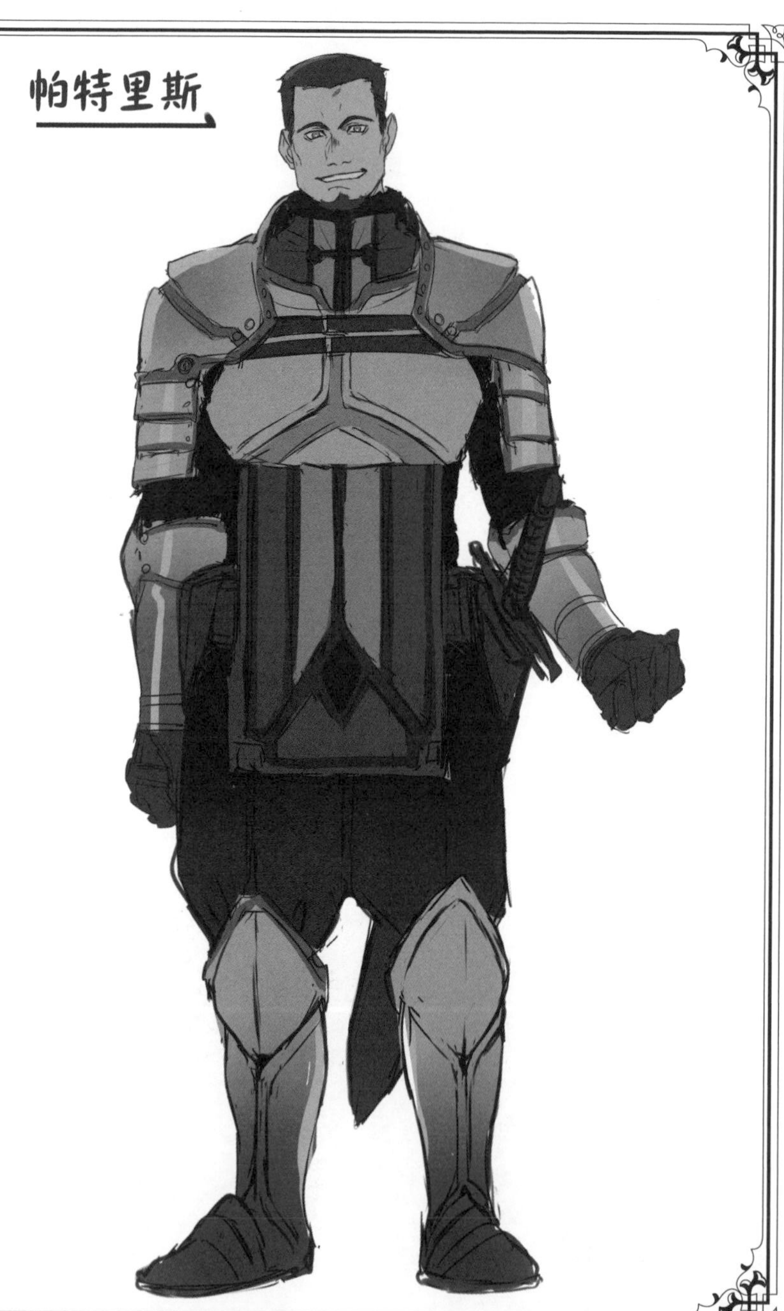
帕特里斯

密米爾

戰棍

人物設定草案
密米爾&帕特里斯

Kadokawa Light Novels

八男？別鬧了！ 1~8 待續

作者：Y.A　插畫：藤ちょこ

威德林總算和五名未婚妻完婚
艾爾卻因失戀錯過相親大會！

「卡露拉介紹未婚夫」事件為迷戀卡露拉的「騎士」艾爾的精神，帶來了致命、毀滅又壓倒性的傷害，即使用了艾莉絲的祕傳魔法，還是無法讓艾爾恢復。另外，威德林總算順利和五名未婚妻結婚。他們卻在訪問鄰國阿卡特神聖帝國時被捲入政變……

各 **NT$180~220/HK$55~68**

台灣角川

國家圖書館出版品預行編目資料

無職轉生：到了異世界就拿出真本事 / 理不尽な孫の手作；羅尉揚譯. -- 初版. -- 臺北市：臺灣角川, 2017.05-

冊；　公分

譯自：無職転生：異世界行ったら本気だす

ISBN 978-986-473-681-2(第7冊：平裝)

861.57　　　　　　　　　　　106004553

Kadokawa
Fantastic
Novels

無職轉生～到了異世界就拿出真本事～ 7

（原著名：無職転生～異世界行ったら本気だす～ 7）

２０１７年５月22日　初版第１刷發行
２０２４年４月２日　初版第９刷發行

作　　者：理不尽な孫の手
插　　畫：シロタカ
譯　　者：羅尉揚

發 行 人：台灣角川股份有限公司
總　　監：呂慧君
總 編 輯：朱哲成
設計指導：陳晞叡
印　　務：李明修（主任）、張加恩（主任）、張凱棋

發 行 所：台灣角川股份有限公司
地　　址：１０４台北市中山區松江路２２３號３樓
電　　話：（02）2515-3000
傳　　真：（02）2515-0033
網　　址：www.kadokawa.com.tw
劃撥帳戶：台灣角川股份有限公司
劃撥帳號：19487412
法律顧問：有澤法律事務所
製　　版：巨茂科技印刷有限公司
ＩＳＢＮ：978-986-473-681-2